人文阅读与收藏·良友文学丛书

舒乙题

原丛书主编：赵家璧

特邀顾问：舒　乙　赵修慧　赵修义　赵修礼　于润琦

出 品 人：马连弟
监　　制：李晓琤
执　　行：张娟平
统　　筹：吴　晞　姚　兰
装帧设计：赵泽阳

特别鸣谢（按姓氏笔画排列）：
韦　韬　叶永和　李小林　沈龙朱　陈小滢　杨子耘
张　章　周　雯　周吉仲　舒　乙　蒋祖林　施　莲
姚　昕　俞昌实　钟　蕻　郑延顺　赵修慧
以及在版权联系过程中尚未联系到的作者或家属

特别鸣谢：
上海鲁迅纪念馆
北京鲁迅博物馆
北京大学中国语言文学系
复旦大学中国语言文学系
中国作家协会权益保障委员会

人文阅读与收藏·良友文学丛书

月亮下去了

（美）斯坦贝克 著
赵家璧 译

中国国际广播出版社

良友版《月亮下去了》编号页

良友版《月亮下去了》扉页

一九四三年四月桂林初版

實價國幣廿二元

No. 520

良友版《月亮下去了》版权页

晨光版《月亮下去了》封面

《良友文学丛书》新版出版说明

二十世纪三四十年代，著名编辑赵家璧在上海良友图书公司老板伍联德的支持下，历经十余年，陆续出版《良友文学丛书》，计四十余种。其中三十九种在上海出版，各书循序编号，后出几种则无。该套丛书以收入当时左翼及进步作家的作品为主，也选入其他各派作家作品。其中小说居多，兼及散文和文艺论著；第一号是鲁迅的译作《竖琴》。丛书一律软布面精装（亦有平装普及本），外加彩印封套，书页选用米色道林纸，售价均为大洋九角。

《良友文学丛书》选目精良，在现在看来，皆为名家名作；布面精装的装帧更是被许多爱书人誉为“有型有款”。不可否认，在装帧设计日益进步的当下，这套出版于二十世纪三四十年代的丛书外形已难称书中翘楚，但因岁月洗汰，人为毁弃，这套曾在出版史上一度“金碧辉煌”过的丛书首版已然成为新文学极其珍贵的稀见“善本”。

在《良友文学丛书》首版八十周年之际，为满足现代普通读者和图书馆对该丛书阅读与收藏的需求，我们依据《良友文学丛书》旧版进行再版（四种特大本不在其列）。本着尊重旧版原貌的原则，仅对旧版中失校之处予以订正。新版《良友文学丛书》采用简体横排的形式，以旧版书影做插图，装帧力求保持旧版风格，又满足当下读者的审美趣味。希望这一出版活动对缅怀中国出版前辈们的历史功绩和传承中国文化有所裨益，也希望广大读者多提宝贵意见和建议，以便我们把日后的工作做得更好。

《良友文学丛书》新版校订说明

一、本丛书收录原良友图书公司编辑赵家璧主编《良友文学丛书》共四十六种（四种特大本不在其列），乃为目前发现且确系良友版之全部。

二、此番印行各书，均选择《良友文学丛书》旧版作为底本，编辑内容等一律保持原貌，未予改窜删削。

三、所做校订工作，限于以下各项：

（1）将繁体字改为简体字；

（2）原作注释完全保留；

（3）尽量搜求多种印本等资料进行校勘，并对显系排印失校者在编辑中酌予订正；

（4）前后字词用法不一致处，一般不做统一纠正；

（5）给正文中提到的书籍和文章及其他作品标上书名号，原作书名写法不规范、不便添加符号者，容有空缺；

（6）书名号以外其他标点符号用法，多依从作者习惯，除个别明显排印有误者外均未予改动。

译者的话

约翰·斯坦贝克 John Steinbeck 是帕索斯 John Dos Passos 海敏威 E. Hemingway 和福尔格奈 W. Faulkner 以后美国现实主义作家中后起的伟人，他被中国读者所认识和爱好还是近几年来的事。

他生于美国加利福尼亚洲的沙利那地方，曾在斯坦福大学念书，没有毕业。以后他到纽约当过新闻记者，化学师和搬运砖头的小工。他的第一部小说 Cup of Gold 出版于一九二九年；一九三二年时续出 Pasture of Heaven 和 To A God Unknown，可惜读者对这三本书的反响都很冷淡，一直到 Totilla Flat 出版，斯坦贝克的名字，才逐渐被人所注意。一九三六年，又出版 In Dubious Battle。跟着他的成名之作 Of Mice And Man 问世，顷刻被列入了美国现代一流作家之林。一九三九年 The Grape of Wrath 出版，更惊动了世界文坛，被译成十数种外国文字，中文本也由胡仲持先生翻译出版。上述的许多作品，大都以美国下层社会的生活作题材，这本 The Moon Is Down 却是例外。

本书完成于一九四二年，离北欧被希特勒所侵占已近一年余，写挪威某小城被轴心军“和平”占领的故事。作者曾在北欧旅居过一个时期，所以写那些崇尚自由和平的小国人民的心理，分外的亲切。在那里，“战争的经验既缺乏，失败的经验更没有，”当一队轴心军把这座只有十二个卫兵的小城市用突袭，阴谋的方法占领以后，所有的人民都如入五里雾中，不知所措。但是他们慢慢的开始不糊涂，他们懂得这究竟是怎么一回事。于是他们“眼睛中的惊愕之光变成了愤怒和仇恨，”这本小说就是写这批善良人民怎样用“迟缓，沉默，等待的复仇方法”去反抗敌人的故事。

一九四二年太平洋战争发生上海整个沦陷后，我因无法再在上海住下去，便经过汉口长沙而到桂林，在桂林的英国新闻处看到这本原书，便借来在旅馆中尽十天时间译成中文，随后就在桂林出版。到要重印再版时，湘桂战事爆发，一切的计划都被打破了。今天在上海印行，一则为了斯坦贝克的这部著作并不因战争的结束而失掉它在艺术上的价值；二则也算是我在桂林一年的一点纪念品而已。

至于书中的许多特长，好像人物刻画的细致，对话的简洁，写景的美丽，故事的电影化，读者自能体会，无庸译者多言。但是奥顿市长的话是值得我们沉思的：

“人民不愿被人征服，所以他们永远不会被人所征服。自由的人民是不会挑起战争的，但是一次开始了，他们在失败中还会战斗。下流的群众，或是一个领袖的盲从者就不会这样做，所以下流的群众可以常常打胜仗，自由的人民才能获得最后的胜利。你将来会明白的。”

书中最后一段奥顿市长临刑前所说的话，是希腊哲人苏格拉底临死前的遗言。这笔债到了胜利的今天，我们自问已否还清了呢？

译者

一九四七，四，二十。

一

到十点四十五分钟时，一切事情都过去了。这城市已被占领，防军已被击退，战事也告结束了。侵略者对于这一次战役也和对较大规模的战役同样经过精密准备的。就在这一天星期日的早晨，邮差和警察都坐了当地闻名的商人考莱尔先生的小艇出外去垂钓。这天他把那华贵的帆船借了给他们。当邮差和警察看见那艘灰黑的小型运输舰，载满了兵士，静静地经过他们时，他们已远在好几里外的海里了。他们既然是这城中的公务员，这当然是他们的职务。于是两个人便驾驶了小艇回来，可是当他们到达港口时，这城市早被军队所占领。这位邮差和警察还无法跨进在市政厅中的办公室去。当他们依据职权坚持入内时，就被当做战时俘虏拘禁起来，关在市立的牢狱里面。

本城的军队一共只有十二名，也在这一天星期日的早晨出去了，因为商人考莱尔先生捐赠了饭食，靶子，弹药和奖品，在山背后六里路地方他那片可爱的草地上举行打靶比赛。本城的军队，都是些长个子的青年，他们听到飞机，在远处看到降落伞时，他们就用跑步回到城里来。他们到达时，侵略者已在路旁架上了机关枪。这些长个子的兵士，对于战争经验是很缺乏的，失败的经验更没有，于是他们用来福枪来开火。机关枪响了一回儿，六个兵士便变成洞穿的衣包死了，三个给打得半死，其他的三个兵士带了枪逃入山中。

十点半时，侵略者的军乐队在市立广场上奏着悦耳而感伤的音乐。市民们微张了嘴，眼睛受惊着，站在四周侧耳静听，呆呆的望着那些戴着灰色钢盔，在肩上擎着手提机关枪的人。

十点三十五分，那六个洞穿的兵士下葬了，降落伞折叠了。军队已驻扎在码头附近考莱尔先生的货栈中，在那里的架子上早已为军队准备好了绒毡和吊床。

十点四十五分，那位年老的市长奥顿接到侵略者蓝塞上校要求谒见他的正式请求。这谒见礼已排定了准十一点钟在市长的五间官舍中举行。

这官舍中的客厅是华丽而舒适的。漆了金的椅子上面罩着坐旧了的织锦缎，僵硬的陈列着，好像一群无事可做的仆人。一个半圆形的大理石壁炉燃着一盆无焰的红火，一只手绘的煤斗放在炉边。壁炉架上，两旁是大花瓶，中间是一架大磁钟，挂着会转动的小天使。屋中所用的糊壁纸是深红而带些金色的图案，木器都是白色的，既美观又清洁。壁上挂的图画大半都在表现拯救遇险小孩的巨犬的英勇事迹，只要有了犬，水火地震都不会伤害小孩。

火炉边坐着老年的温特医生，留着胡须，淳朴而慈祥，是本城的历史家而兼医生。他呆呆地望着，他的两只拇指在膝盖上上下的转动着。温特医生的为人是那样的淳朴，只有一个深刻的人才能知道他的深刻处。他仰起头来望着市长的侍役约瑟夫，看约瑟夫有没有注意到他那玩弄拇指的本领。

“十一点钟了吧？”温特医生问。

约瑟夫很茫然的回答：“是的，先生。字条上说是十一点。”

“你看到那字条吗？”

“不，先生，是市长念给我听的。”

约瑟夫就来往的试着每一把漆了金的椅子，看从他上次安放以后有没有被移动过。约瑟夫习惯地不高兴这些家具，因为它们是不懂礼貌，喜欢恶作剧并且多灰尘的。在奥顿市长是人民领袖的世界里，约瑟夫便是家具，银器和杯碟的领袖。约瑟夫是年长，瘦弱而严肃的，他的一生是那样的错综复杂，只有一个深刻的人才懂得他的单纯处。他在温特医生的玩弄拇指的动作上并没有看出什么惊人之举，事实上，倒令他觉得讨厌。约瑟夫看到城里来了许多外国兵，本城的兵死的死了，拘禁的拘禁了，他就疑惑一定会有重要变故将发生。迟早间，约瑟夫对于这些事情会产生一种意见的。他不喜欢轻薄，不赞成玩弄拇指，也不愿意这些家具发生麻烦。温特医生把他的椅子从原来的地位移动了几寸，约瑟夫就不耐烦的等候着机会要把它放回原处。

温特医生重复着说："十一点钟，那么，他们就要到这里来了。他们是一种有时间观念的民族啊，约瑟夫。"

约瑟夫没有听到他，就在说："是的，先生。"

"有时间观念的民族啊，"医生又说了一遍。

"是的，先生，"约瑟夫说。

"时间与机械。"

"是的，先生。"

"他们奔向他们的命运像不能等待似的，他们用他们的肩胛推着这滚动着的地球。"

约瑟夫说，"很对的，先生。"这完全因为他懒得再说，"是的，先生"了。

约瑟夫对于这种谈话并不赞成，因为这并不能帮助他对于任何事情产生什么意见。假如约瑟夫在事后对厨娘说，"安妮，一种有时间观念的民族呢！"那就不会发生什么意义。因为安妮先要问："是谁啊？"又要问："为什么呢？"最后还要说："约瑟夫，这是毫无意义的。”约瑟夫从前也曾几次把温特医生说的话传到楼下去，结果常常是这样：安妮常常发觉这些话都是毫无意义的。

温特医生的目光离开了他的拇指看着约瑟夫在调整那些椅子。“市长在做些什么呢？”

“他在换衣服准备接见上校，先生。”

“那么你怎么不去帮他呢？他自己穿衣裳会穿不整齐的。”

“有夫人在帮他啊。夫人要他装扮得最整齐，她”——约瑟夫说到这里有些脸红——“夫人正在拔去他的耳毛，这里有些肉痒的。他就不让我去替他做这些事。”

“当然要肉痒的。”温特医生说。

“但是夫人一定要替他拔，”约瑟夫说。

温特医生忽然笑了。他站起来把手伸在火炉上烤着。约瑟夫很聪明的在他背后跳出来，把那张椅子又安放在它应有的地位上。

“我们这批人真是不可思议的，”医生说。“我们的国家已在灭亡中，我们的城市已被征服，我们的市长却在准备去接见征服者；而夫人呢，正揿住了在挣扎中的市长的头颈，替他拔去耳毛。”

“最近他的毛发正在慢慢地增多，”约瑟夫说。“他的眉毛也是如此。市长对于拔掉他的眉毛比他的耳毛更为恼怒。他说这使他感到痛苦。我怕连他的夫人都不会做这件工作呢。”

“她要试一下的，”温特医生说。

“因为她要把他装扮得最整齐啊，先生。”

从那扇门口的玻璃窗里，一个戴钢盔的脸向内张望着，门上有了敲门声。屋子里有种温暖的火光好像熄灭了，替代的是一层淡淡的灰色。

温特医生仰起头来看看那座钟，他说：“他们来早了，就让他们进来吧，约瑟夫。”

约瑟夫走到门口把门开了。一个兵士跨了进来，穿的是长外套。他戴着钢盔，肩上抗着一支手提机关枪。他向四周看了一眼，然后站在一旁。在他的背后，一个军官已立在门口。这位军官的制服很平常，只有在肩上带着肩章。

这军官跨了进来，望着温特医生。他很像是一位在图画中被夸张着的英国绅士。他带着一顶垂边帽，脸是红的，鼻子长而可爱，他穿了制服正像许多英国军官一样的觉得不自然。他站在门口，呆望着温特医生，他说：“先生，你是奥顿市长吗？”

温特医生微笑着：“不，不，我不是。”

“那么，你是一位官员吗？”

“不，我是城里的医生，我是市长的朋友。”

那军官说：“奥顿市长在那里呢？”

“他在换衣服，准备接见你，你是上校吗?”

“不，我不是，我是彭蒂克上尉。”他鞠了躬，温特医生也轻轻地还鞠了一下。彭蒂克上尉继续说，对于他要说的话似乎觉得有些为难，“按照我们军队的规则，先生，当我们的司令长官到一间屋子去以前，我们先要检查屋内有无武器。我们倒并无不敬的意思，先生。”他回头叫着:“伍长!”

伍长很快的走到约瑟夫面前，在他的衣袋外面摸了一下，便说:“没有，长官。”

彭蒂克上尉就对温特医生说：“请你原谅我们。”于是伍长就走向温特医生面前，拍拍他的衣袋。他的手在他外套里面的衣袋上停住了。他立即摸了进去，拿出一只胖胖的小黑皮夹，他把它送给了彭蒂克上尉。彭蒂克打开了那皮夹，发见里边有几件简单的外科用具——两把解剖用的小刀，几支外科用的针头，几支血管夹，一支皮下注射的针头。他关上了皮包把它还给温特医生。

温特医生说：“你看，我是一个乡下医生。有一次我不得不用一把厨房用的刀去割除盲肠。从那次以后，我常常把这些东西带在身边了。”

彭蒂克上尉说：“我相信这屋子里还藏着军器呢!”他打开一本他带在衣袋里的小册子。

温特医生说，“你知道得那样清楚啊。”

“是的，我们派在这里的人已经工作得很久了。”

温特医生说："我想你不肯说出这个人的名字来吧？"

彭蒂克说："他的工作现在已经完了。我想说出来也并无妨碍。他的名字就是考莱尔。"

温特医生很惊奇的说："是乔治·考莱尔吗？那里的话，这简直是不可能。他对于这个城市贡献很多。他今天还为了在山上举行的打靶比赛捐赠许多奖品呢。"他一面说着，一面开始懂得一切事情的真相而把嘴唇慢慢的闭紧了。他说："我懂了，所以他要举行打靶比赛。是的，我懂得了。但是乔治·考莱尔——听来好像是绝不可能的。"

左面的门开了，市长奥顿走了进来；他正在用他的小手指挖着他的右耳朵。他穿着晨礼服，他的官职链挂在颈间。他有一撮大而成丛的白胡须；还有两撮分列在每只眼睛的上面。他的白头发才梳光不久，现在它们又在挣扎着竖起来了。他做了那么久的市长，他已成为这座城市的理想市长。纵使是年长的人们，当他们一看见写着的或是印着的"市长"两个字，就像在心中见到了奥顿市长一般。他和他的职位已合为一体。职位给了他尊严，他给了职位的是一种温情。

在他的背后，走出了他的夫人，姣小，绉皮而凶悍的。她以为这个人是她一手从衣服里创造出来的，是她计划了的；假如她有机会把他再装扮一次，她一定会把他装扮得更好看。她一生中只有一两次才算整个的认识了他，但是她所认识的一部份，她是认识得很深刻的。没有任何一件小的嗜好或是痛苦，疏忽或是卑鄙会逃过她；可是他的任何思想，幻梦或希望就不会被她所了解。虽然她一生中有几次像是已经看到了光明。

她走近了市长身边，执住了他的手把他的手指从他那受伤的耳朵中拉出来，再把它放在他的身旁，正像把一个小孩的手指，从他嘴里拉出来一样。

“我不相信一会儿会像你所说般那样痛的。”又对温特医生说：“他还不让我去修整他的眉毛呢。”

“痛得很啊，”市长奥顿说。

“好的，你要装成那副模样，我也没有什么办法。”她又把他那根早已挺直了的领带拉了一下。“我很高兴你也在这里，医生。”她说：“你想要有几个人来呢?”于是她仰起头来看见了彭蒂克上尉。“噢，”她说，“这位就是上校了。”

彭蒂克上尉说：“不，夫人，我是到这里来替上校预备一切的。伍长!”

伍长还在翻垫枕，检视镜架后面的东西，听到了喊声即刻走到奥顿市长面前，伸手去抄查他的衣袋。

彭蒂克上尉说，“请原谅他，先生，这是我们的规矩。”

他又向他手中的小册子上望了一下。“市长，我知道你这里有军器，一共有两件，是不是?”

奥顿市长说："军器吗？我想你说的是枪吗？是的，我有一支散弹枪和一支猎枪。"他很不高兴的说："你知道，我已经不大狩猎了。我虽然常常想出去，可是狩猎的时季到了，我还是没有动。我现在已经不像从前那样对狩猎感到兴趣了。"

彭蒂克上尉坚持着说；"那么这些枪呢，市长？"

市长摸摸他的脸想了一下。"怎么，我想——"他就回头对夫人说；"这些东西是不是在卧室里那个柜子后面，和手杖放在一起呢？"

夫人说："是的，这柜子里的每一件衣服上都因此染了油味。我倒希望你把它放到别的地方去。"

彭蒂克上尉说："伍长！"伍长立刻就到卧室里去了。

"这是一件不很愉快的职务，我非常抱歉。"

伍长回来带了一支双铳的散弹枪和一支有背带的很好的猎枪，他把他们搁在门口的一边。

彭蒂克上尉说："没有别的事了，谢谢你，市长。谢谢你，夫人。"

他转身又向温特医生微微的鞠躬。"谢谢你，医生，蓝塞上校即刻就会到这里来的，再见。"

他就走出前门去，后面跟着那个伍长，一手拿了两支枪，右边的肩上抗了一挺手提机关枪。

夫人说："起先我还以为他是上校呢，他倒是一个很漂亮的青年。”

温特医生讽刺的说：“不，他只是来保护上校而已。”

夫人正在想：“我不懂今天会有几个军官要来？”他看看约瑟夫，看见他正在无耻的偷听着。她对他摇摇头绉绉眉，他便只好回头去重新工作，把所有的东西重新揩拭了一下。

夫人又说：“你想会有几个人来呢？”

温特医生很生气的拉出一张椅子来坐了下去，他说：“我不知道。”

“噢，”——她又对约瑟夫绉绉眉——“我们已经把这问题讨论过了。我们应当敬他们一杯茶还是一杯酒呢？假如要这样做，我不知道他们会有几个人来，假如不这样做，我们又怎样去招待他们呢？”

温特医生摇摇头笑了。“我不知道。我们去征服人家或是人家来征服我们都是长久以前的事情了。我也不知道应当怎样做才算合式。”

奥顿市长又把他的手指放在发痒的耳朵里。他说：“噢，我看我们不必如此做，而且百姓们也不会喜欢我们这样做的。我更不愿和他们一起喝酒，我也不知道为了什么缘故。”

夫人又向医生请求了。“古时代的人——那些首领们——不是也互相喝酒来表示敬意的吗？”

温特医生点点头。“是的，他们确是这样做的。”他把头慢慢摇着。“也许分别就在这里：过去的帝王和贵族们在战争中游戏正像英国人在行猎中寻乐一般，所以当一只狐狸被打死了，他们就集合在一起举行狩猎早餐会。可是奥顿市长的话也许并不错，百姓们不一定会喜欢他去和那些征服者杯酒言欢的。”

夫人说：“百姓们正在下面听音乐。这是安妮告诉我的。假如他们能这样做，我们为什么不能保持文明人的礼节呢？”

市长慢慢的看了她好一会儿，他的声音变得尖锐了。“夫人，我要求你同意我们不必喝什么酒。百姓们现在很糊涂，他们在和平世界里过得那么久，他们简直不相信有战争了。我想他们会学习起来，将来他们就不会再像现在般糊涂的。他们既选举我，我希望就不要跟了一起糊涂。今天早晨已有六个孩子被谋杀了。我想我们不必举行什么狩猎早餐会。百姓们从事战争目的不在游戏。”

夫人微微的低了头，她一生中有好几次看到她的丈夫成为一个市长了。她懂得她不能把市长和她丈夫混在一起的。

奥顿市长看看他的表，约瑟夫进来了，端上一杯浓咖啡，他就心不在焉的接在手里。“谢谢你，”他说，他就啜了一下。“我必得弄明白，”他很自谦的对温特医生说。“我必得——你知道侵略者究竟有多少人呢？”

“不多，”医生说。“我想不会过二百五十人，但是都带了这种小机关枪。”

市长又喝了一口咖啡，便提出了一个新的问题。“我们国里其他地方怎样了呢？”

医生耸了耸肩又放了下来。

“各处都没有抵抗吗？”市长很失望的问。

医生又耸耸肩。“我也不知道。电线断的断，被夺去的被夺去，什么消息都没有了。”

“我们的人，我们的兵呢？”

“我不知道，”医生说。

约瑟夫插进来了。“我听说——那是安妮听说的——”

“什么，约瑟夫？”

“六个人被机关枪打死了，先生，安妮听说的，还有三个受了伤被俘了去。”

“但是我们一共有十二个人啊。”

“安妮听说有三个人逃掉了。”

市长立刻旋转头问。“是谁逃掉了？”他追究着。

“我不知道，先生，安妮没有听见说。”

夫人用手指试试桌上的灰尘。她说：“约瑟夫，假如他们来了，你就守在电铃旁边，我们也许需要些小东西的。你穿上另外的那件外套，约瑟夫，那有钮子的一件。”她想了一回。“约瑟夫，你把吩咐你做的事情做完了，你就出去。你站在旁边听着讲话是很不雅观的，这就是所谓卑鄙。”

“是的，夫人。”约瑟夫说。

“你不必送酒来，约瑟夫，但是你可以放几枝香烟在那只小的银果匣里。不要在你的靴跟上擦亮火柴去点上校的香烟。在火柴匣上擦着就得了。”

“是的，夫人。”

奥顿市长解除了扣子拿出他的表来，看了一下，又放了回去，再扣上他的大衣时，却把一个扣子错扣在上面了。夫人便走过去替他扣正。

温特医生说：“现在几点钟了？”

“十一点缺五分。”

“他们是一个有时间观念的民族，”医生说。“他们会按时而来的。你要我出去吗？”

奥顿市长很吃惊的样子。“出去吗？不——不，等在这里，”他轻轻的笑了，“我有些害怕。”他很抱歉的说：“啊！不是害怕，倒是有些神经过敏。”他很无力的说：“我们有好久时光没有被别人所征服了！”他停下来静听着。远处传来一阵军乐的声音，是一支进行曲，他们都转向那方向静听着。

夫人说：“他们到这里来了。我希望不要太多人一起挤在这里，这不是一间大房间呢。”

温特医生讽刺的说：“夫人倒赞成凡尔赛宫里那座

万镜厅吧?"

她咬了一下嘴唇向四边看看，心里尽想着那些征服者。"这房间真是太小了啊，"她说。

军乐声响了一回又逐渐的低下去。门上有了轻微的敲门声。

"现在会有谁来呢?约瑟夫，你去看看假如是别人，请他等一回儿再来，我们正忙着呢。"

敲门声又起了，约瑟夫走到门口先开了一条缝，然后又开大了一点。一个灰色的人影，戴了钢盔，穿着长手套的出现了。

"蓝塞上校向你们致候，"这个人说。"蓝塞上校希望市长接见他。"

约瑟夫把门大开了，这戴钢盔的人整步的跨了进来，迅速的把屋子看了一眼便站在旁边。"蓝塞上校到了!"他报告着。

于是第二个戴钢盔的人进来了，他的职位只在肩章上表明着。随后跟入一个很矮小的人，穿了一身黑色的商人服装。这位上校是个中年人，成熟坚毅而样子很疲乏。他有一个兵士所应有的阔肩膀，但是他的眼睛中倒没有一个普通兵士所常有的茫然之感。站在他身旁的矮小的人是秃顶，红脸，小而黑的眼睛，一张肉感的嘴。

蓝塞上校把他的钢盔脱下了。很快的鞠了一躬，便说:"市长!"他又向夫人鞠躬，"夫人!"然后他说:

“请把门关上了，伍长。”约瑟夫立刻掩上了门，得胜似的呆看着那个兵士。

蓝塞上校很疑惑的望着医生，奥顿市长就说：“这一位是温特医生。”

“是一位官员吗？”上校问。

“是一位医生，先生，我也许可以说他是研究本城历史的专家。”

蓝塞微微的鞠了一躬，他说：“温特医生，我并非卤莽，但是在你的历史上要有一页，也许——”

温特医生笑着说，“也许要好几页吧。”

蓝塞上校略略转向他的同伴，“我想你们都认识考莱尔先生的。”

市长说：“乔治·考莱尔吗？我当然认识他。你好吗，乔治？”

温特医生立刻插了进去，他很有礼貌的说：“市长，我们的朋友考莱尔先生是进攻这个城市的筹备人。我们的施主乔治·考莱尔把我们的兵送到山上去，我们餐桌上的贵宾乔治·考莱尔把城里的每一件军器都开了清单。乔治·考莱尔——是我们的朋友啊！”

考莱尔很生气似的说：“我为我的信仰而工作，这是一件光荣的事。”

奥顿的嘴微张着。他是茫然若失了。他毫无办法的从温特看到考莱尔。“这不会是真的吧。”他说：“乔治，这不会是真的吧！你曾经高坐在我的餐桌上，你曾经和我一起喝过葡萄酒，你还帮我计划医院，这不会是真的。”

他牢牢的看着考莱尔，考莱尔很挑衅似的回看着他。这样静默了好一回，于是市长的脸慢慢的紧张而严肃，他的整个身体是挺直的。他转向蓝塞上校，他说：“我不愿和这一位绅士一起谈话。”

考莱尔说：“我有权在此，我和其他的人一样是个军人，我只是不穿制服而已。”

市长又重复着说：“我不愿在这一位绅士面前谈什么话。”

蓝塞上校说：“那么请你现在离开我们吧，考莱尔先生。”

考莱尔说：“我有权待在这里。”

蓝塞很严厉的重说了一遍：“请你离开我们吧，考莱尔先生，你要违反上级的命令吗？”

“啊！不，长官。”

“那么，请你走，”蓝塞上校说。

考莱尔很愤怒的望着市长，于是他掉转身，很快走到门外去了。温特医生笑着说：“在我的历史里，这已够写一段了。”蓝塞上校很严厉的看了他一眼，但是他没有说话。

这时候右边的那扇门开了，乱头发，红眼睛的安妮装了一副盛怒的脸走进门来。“后面走廊上有许多兵，夫人，”她说。“就站在那里。”

“他们不会进来的，”蓝塞上校说。“这不过是军事手续而已。”

夫人很冷冷的说：“安妮，你有什么话要说，让约瑟夫传进来好了。”

“我不知道怎么一回事，但是他们要想法进来，”安妮说。“他们闻到了咖啡香呢。”

“安妮！”

“是的，夫人。”她退下去了。

上校说：“我可以坐下来吗？”他解释着：“因为我们有好久没有睡觉了。”

市长自己也好像从梦中醒回来一般，“是的。”他说：“当然，请坐！”

上校看看夫人，她也坐了下去，然后他很疲乏的落入坐椅中。奥顿市长还是站着，像一半在做梦似的。

上校开始说话了：“我们希望我们能尽量的相互合作，你看，先生，这倒像是一笔生意经。我们需要的是这里的煤矿和捕鱼权：我们要尽量的避免磨擦。”

市长说：“我一点也听不到消息，我们国土的其余部分究竟怎么样了呢？”

“全都被占领了，”上校说。“这是充分计划了的。”

“一处地方都没有抵抗吗？”

上校很表同情似的看看他，“我希望没有。是的，有的地方不免有些抵抗，那也不过流些血而已。我们是计划得很周密的。”

奥顿坚持着问，“那么抵抗是有的了。”

“是的，但是抵抗是愚蠢的，正像这里一样，立刻被我们消灭了。抵抗是一件既可悲又愚蠢的事。”

温特医生懂得市长所急于要知道的一件事情，“是的。”他便说：“虽是愚蠢的，但是他们究竟抵抗了？”

蓝塞上校回答说：“只有几处地方而已，而且都已过去了。整个人民是安静的。”

温特医生说：“整个的百姓还不知道发生了些什么事情呢。”

“他们在慢慢的发觉，”蓝塞说。“下次他们不会再这样愚蠢了。”他清了清喉咙，声音变成轻快了。“现在，先生，我们要谈正经了。我实在很疲乏，但是我在睡眠之前，我必得把我们的事情先接洽好。”他在坐椅上向前面移动了一些。“说我是一个军人不如说我是一个工程师，因为这整个的事情倒是一件工程方面的工作，并不单是征服而已。煤必得从土地里掘起来装出去。我们有技师，但是本地的人依旧须在矿里继续工作。你明白了没有？我们是不愿待人太苛刻的。”

奥顿说：“是的，这很明白。但是假如百姓不愿再在矿里工作呢？”

上校说："我们希望他们愿意这样做，因为他们必得这样做。我们需要的是煤。"

"但是假如他们不愿呢？"

"他们必得这样做。他们是守秩序的百姓，他们是不希望有麻烦的。"他等着市长的答覆，市长却一句话也不说。"这话对不对，先生？"上校问。

奥顿市长绉了绉眉。"我不知道，先生，在自己政府之下他们是很守秩序的，我倒不知道他们在你们管理之下又将如何。你知道这地方从没有被人触碰过，我们建立我们的政府已有四百多年了。"

上校很快的说："我们早知道这一点，所以我们要维持你们的政府。你还是当市长，你要发号施令，赏善罚恶。这样他们就不会发生乱子。"

奥顿市长看看温特医生，"你以为怎么样？"

"我不知道，"温特医生说。"这倒是一件有趣味的事情。我恐怕有麻烦，他们可以成为哀民的。"

奥顿市长说："我也不知道。"他转向上校说："先生，我虽然是人民选举出来的，但是我也不知道他们将怎样做。也许你知道，也许他们会比我和你所知道的都不一样。有些百姓接受了派下来的领袖而听从他们。但是我是人民所选举的，他们选举我，他们也可以解除我。他们知道我到了你的一边很可能会如此做的。我根本就不知道。"

“假如你能使他们守秩序，这对于他们也是一件义务啊。”

“义务?”

“是的，义务。这是你的责任去保护他们不使他们受伤害。假如他们一旦反叛，他们就要发生危险。你要知道煤是我们一定要得到的。我们的领袖并不告诉我们怎样去做，他们只是命令我们去得到煤。你是应当保护你的百姓的。你必得命令他们工作，这样才能使他们获得安全。”

奥顿市长问：“但是假如他们不需要安全呢?”

“那么你必得为他们设想。”

奥顿有些骄傲的说：“我们的百姓是不要别人去替他们设想的。他们也许和你们的百姓不同。我现在虽然有些糊涂，但是这一点我倒很确定。”

约瑟夫忽然进来，向前站着，冲着要说话。夫人说：“什么事，约瑟夫?快拿银烟匣子来。”

“对不起，夫人，”约瑟夫说。“对不起，市长。”

“你要什么?”市长问。

“是安妮，”他说。“她在生气了，先生。”

“为了什么啊?”夫人追问他。

“安妮不愿意那些兵站在后面走廊上。”

上校问，“他们在闹事吗?”

“他们从窗里张望着安妮，”约瑟夫说。“她讨厌他们这样做。”

上校说：“他们是奉命而行的，他们并不妨碍啊。”

“是的，但是安妮不愿人家望着她，”约瑟夫说。

夫人说：“约瑟夫，你告诉安妮叫她留心就是了。”

“是的，夫人。”约瑟夫走了出去。

上校的眼睛疲倦得快要垂下来了。“还有一件事情，市长，”他说。“我和我的团部可以住在这里吗？”

奥顿市长想了一回说：“这里地方很小，更大更舒服的地方多得很呢。”

约瑟夫拿了那只银烟盒子回来了。他打开了盒盖，送到上校的面前。当上校拿了一根时，他就很随便的给他点亮了。上校深深的喷着烟。

“不是这样说的，”他说。“我们觉得假如团部住在当地政府的屋子里，那就更表现着和平安谧。”

“你的意思是说，”奥顿说，“让人民知道那里含有合作的意义在内是不是？”

“是的，我想就是这个道理。”

奥顿市长失望的看看温特医生，温特医生只能对他苦笑了一下。奥顿轻声的说：“我可以拒绝这个光荣吗？”

“对不起，”上校说。“不可以，这是我们领袖的命令。”

“人民不会欢迎这样做的，”奥顿说。

“老是说人民，人民的武装解除了，人民就没有话说。”

奥顿市长摇摇头说：“先生，你不知道呢。”

门口又传进一个愤怒女人的声音，还有拳头声和一个男子的呼叫声。约瑟夫匆匆的从门口跑进来。“她在泼开水呢，”约瑟夫说。“她是生气得不得了了。”

门外有号令声，脚步声。蓝塞上校沉重的站起身来。“你对你的仆人都无权管理吗，先生？”他问。

奥顿市长笑了。“很少权力，”他说。“她快活时她倒是一个好厨娘呢。有什么人受伤吗？”他问约瑟夫。

“水是开的，先生。”

蓝塞上校说：“我们是为完成任务而来的，这是一件工程方面的工作，你应当训练你的厨娘。”

“我不能，”奥顿说。“她会辞职的。”

“这是紧急时期，她不能走。”

“那么她要泼水，”温特医生说。

门开了一个兵站在门口。“要抓住这个女人吗，长官？”

“有人受伤吗？”蓝塞问。

“有的，烫伤了；还有一个人被她咬了。我们已经把她捉住，长官。”

蓝塞看来一点办法都没有，于是他说：“放了她，到外面去，不要再逗留在走廊上。”

“是的，长官。”门就随着这个兵关上了。

蓝塞说：“我可以把她枪毙，我也可以把她关起来的。”

“那么我们就没有厨娘了，”奥顿说。

“你看，”上校说，“我们是奉命来和你们人民合作的。”

夫人说：“对不起，长官，我要出去看看那些兵有没有伤害安妮。”说了她就出去。

现在蓝塞站了起来。“我已告诉你我很疲乏，先生，我一定要睡一回儿。为了大家的好，请你和我们合作一下吧。”当市长并不置答的时光，“为了大家的好啊，”蓝塞又说了一遍，“你肯吗?”

奥顿说：“这是一个小城市。我不很知道。人民既弄糊涂了，我也是这样。”

“但是你肯合作吗?”

奥顿摇摇头。“我不知道。假如整个的城市决定了要怎样做时，我也许就跟着那样做。”

“但是你是当政者啊。”

奥顿笑了。“你也许不相信这些，但是这倒是确实的：真正当政的人倒是这整个城市。我不懂怎样或是为什么，但是事情就是这样子。这就是说我们做事虽然不能像你们那样明快，但是一个方向决定了，大家就一起去做。我现在有些糊涂，至今我还不知道怎样做才是。”

蓝塞很疲乏的说："我希望我们能够一起合作，这对于每个人都觉得方便些。我希望我们能够信任你，我不愿意想到那些军事当局为了维持秩序而将取的步骤。"

奥顿市长静默着。

"我希望我们能够信任你，"蓝塞再说一遍。

奥顿把手指放在耳朵里，转动着他的手。"我不知道，"他说。

于是夫人又从门里进来了。"安妮凶得很，"她说。"她就在隔壁，对克立斯丁说话，连克立斯丁都生气了。"

"克立斯丁是一个比安妮还要高明的厨娘呢，"市长说。

二

就在市长小小官舍的楼上，被充作了蓝塞上校的司令部。上校以外还有五个人。享脱少校是一个鬼祟的小人物。因为他自己是一个可靠的单位，所以他把所有的人都看做如其不是一个可靠的单位，就不配生活下去。享脱少校从前是一个工程师，除非在战时，没有人会想到叫他去指挥人的。享脱少校把他的部下像数字般排列着，加，减，乘，除。他不是一个数学家，而是一个算学家。高级数学中所有的幽默，音乐，和神秘性都打不进他的头脑。对于他，人也许会在高度，重量或是肤色方面有分别，正像六和八是不同的一般，但是此外就没有什么差异了。他已经结了几次婚，他总不懂他的妻子们在脱离他以前为什么总是变成很神经质的。

彭蒂克上尉是一个有家庭的人，他爱好犬，嫩红脸儿的孩子和圣诞节。他的年纪已不配做一个上尉，但是他的特别缺乏野心，使他一直没有升迁。战前他最羡慕英国的乡村绅士，穿英国的衣服，养英国的狗，在一只英国制的烟斗里抽从伦敦寄来的烟丝，定阅那些宣扬园艺设计和继续讨论“英国种”和“高登种”猎犬间优劣的农村杂志。彭蒂克上尉消磨他所有的假期在英国的苏萨克斯，而且以在匈京和巴黎被人误会做英国人的事而自豪。战争把外表的一切都变换了，但是他的烟斗已抽得那么久，手杖也已带得那么久，即刻放弃这些实在不很容易。有一次，大约是五年以前，他写了封信给伦敦泰晤士报，讨论在密得兰地方枯萎中的牧草，他署了“爱特门·吐唯吉尔先生”的笔名，泰晤士报居然把它发表了。

假如彭蒂克上尉当上尉太老了一点，那么洛夫脱上尉就太年轻了些。我们理想中的上尉所应有的一切，洛夫脱上尉都有。他在上尉的职务中生活着，呼吸着。他没有一刻不想到他的军人生活。一种强烈的野心使他步步上升。他像奶油般已升到了牛奶的顶点。他行军礼时碰起皮鞋跟来像跳舞家一样。他懂得所有的军中礼貌，而且坚持要全部应用。上将们见了他也害怕，因为对于一个军人应有的举止，他懂得比他们多。洛夫脱上尉相信一个军人是动物生活中最高的发展。假如他想到上帝的话，那么他把他看做一个年高德重的将军，退了伍，上了年纪，生活在许多战役的回忆中，一年几次的到他部下坟墓上去敬献花圈。洛夫脱上尉认为所有的女子都爱军人，否则他就不能理解。按照一般的程序，到他四十五岁时可当少将，他的相片将刊印在画报上，旁边印着许多高个子，面色苍白的男性女子，戴上那种纽带式的阔边帽。

泼拉格尔中尉和汤特中尉是拖鼻涕的大学生，中尉阶级，受过现代的政治训练。他们相信了那位天才所发明的新主义，因为那位天才太伟大了，他们便不愿再花功夫去检讨这种主义的效果。他们都是些感情浓厚的青年，极易流泪或愤怒的。泼拉格尔还带了一束头发放在他的表背后，包在小块蓝缎子里，这些头发常常松弛了阻碍那轮摆，因此他又带了一只手表来报告时间。泼拉格尔从前是在跳舞场上服务的舞伴，一位活泼的青年，他也能像他领袖般的愤怒，也能像他领袖般的默思。他痛恨那些恶性的艺术品，他自己会亲手撕毁好几幅。在跳舞场里他常常替他的同伴作铅笔素描，那些像画得那样好，人家常常告诉他说他应当做一个艺术家。泼拉格尔也有几位漂亮的女朋友。他很自傲，因为有时当他认为她们是被人侮辱时，他常会引起一种骚动，这倒使女朋友们颇感不安，因为她们怕因此倒会真的有人去侮辱她，而这是一件不难办到的事情。泼拉格尔中尉在落差的时光，简直用整个时间去梦想怎样勾引汤特的漂亮女朋友，她是一个娇媚的女子，喜欢年纪较大的男人，因为可以像泼拉格尔中尉那样不弄乱她的头发。

汤特中尉从前是一个诗人，他是一个坚苦的诗人，梦想着一个卓越的青年和一个贫苦女子间那种完美而理想的爱。汤特是一个罗曼谛克的人，他幻想的广泛和他的经验一样。他常常低声的对着一个理想中的女子哼着一种无字的诗调。他希望能够死在战场上，让父母在后方哭泣，领袖呢，看着这将死的青年，显出既勇敢又悲切的样子。他常常想到他的死，落日的光辉，反射在破碎的军器上，他的伴侣低着头静静的站在他的四围，厚厚的一块白云里，身兼母亲和情妇的健美的华尔开立[①]正在奔驰着，后面有华格奈式的雷声响彻云霄。他连临死前的话都准备好了。

这些是司令部中的人，每个人玩弄战争像小孩子玩弄追羊游戏一般。享脱少校把战争当做算术题目般，希望做出了就回家。洛夫脱上尉把战争当做一个在正常中生长的青年人所应从事的正常的事业；泼拉格尔中尉和汤特中尉把战争看做梦境，在那里没有一样东西是真实的。他们至今把战争当做游戏，用精良的器械和周密的计谋来对付一些既无军器又无策划的敌人。他们没有打过败仗，遭遇到很轻微的伤亡。他们在高压之下和任何人一样既能懦怯也能勇敢。其中只有蓝塞上校才知道整

① 华尔开立为斯开迪即维亚神话中之女神，共有十二人，专司看护在战场上英雄作战而受伤之军人。

个的看来战争究竟是怎么一回事。

二十年前蓝塞曾到过比利时和法兰西，但是他现在不愿去想到他所知道的许多事情——好像说战争是奸计和仇恨的表现；是无用将军们的一场混战；是惨刑，残杀，疾病，疲劳，最后，一切都过去了，可是除了新的疲劳和新的仇恨以外，什么都没有改变过。蓝塞对自己说，他是一个军人，他的职务便是执行命令。他是不许发问，不许思想，只有执行命令的。所以他把上一次战争的痛苦的记忆都丢在一边，也不去想这一次战争的结果是否又会一样。他每天有五十次对自己说，这次战争一定和上次不同了，这次的战争一定会大不相同了。

在行军，暴动，足球赛，或是战争里，轮廓变成模糊，真实的事情变成了不真实，一层云雾掩上了心头。紧张，兴奋，疲劳和动作——一切都化成了一个灰色的梦，所以当一切都过去了，便不容易记起你怎样会去杀死别人，或是怎样会发令去把他们杀死的。于是有些并不在场的人告诉你是怎么一回事，你便模糊的说，“是的，我想事情大约是这样的吧。”

这批人员现在占据了市长官舍楼上的三个房间。在卧室里，他们放着吊床，毯子和行装。隔壁房里和小客厅楼上的那一间，他们把它弄成一个俱乐部的样子，一个不很舒适的俱乐部。有几张椅子和一只桌子。在那里他们写信读信，他们谈话，喝咖啡，计划，休息。窗中间的墙壁上挂着耕牛，池湖，小农舍的图画。从窗口他们可以把这座城市一直看到海边，那里的码头上，系着船舶，煤船拖来装满了煤，又向海中驶去。他们俯视这座小城市绕过了广场通到海边。他们可以看见渔船舶在海湾里，帆高卷着；他们又可以经过了窗口闻到从海滩上晒着的鱼干的腥味。

屋子中间放着一张大桌子，享脱少校坐在旁边。他的画板放在膝头上，他靠着桌子正在用丁字尺和三角板设计一条新的铁路副线。画板摇摇欲垂，少校为了它的摇摆不定而很生气。掉回头叫：“泼拉格尔”，继着叫“泼拉格尔中尉。”

卧室的房门开了，中尉走了进来。脸上有一半涂着剃须的肥皂，他手里握着一根肥皂刷。“有，”他说。

享脱少校摇着他的画板。“我放画板的三角架至今还没有从行李里找到吗？”

“我不知道，长官，”泼拉格尔说。“我没有找过。”

“那么，请你马上找一找，好不好？在这种光线下工作真是太苦了，我着色以前还要重画一次呢。”

泼拉格尔说：“等我修好了胡须，再去替你找吧。”

享脱生气的说：“这副线比你的面孔要紧得多呢。看看在那堆东西底下有没有一只像高尔夫球袋般的帆布袋。”

泼拉格尔回到卧室去。右面的门打开，洛夫脱上尉进来了。他戴了他的钢盔，一架望远镜，手枪，和许多小的皮袋挂满在他的身上，他一进门就在脱下他的军装。

“你知道，彭蒂克在发痴了，”他说。“他戴了一顶便帽出去上差，就在大街上。”

洛夫脱把望远镜放在桌上，取下了钢盔和防毒面具袋。桌子上立刻堆起了一小堆的军装。

享脱说：“不要把这些东西放在那里，我要在这里工作呢。他为什么不能戴一只便帽呢？又没有发生过什么乱子。这些钢帽子真是戴得讨厌死了，既笨重又看不见东西。”

洛夫脱很庄重的说：“不戴钢盔是很坏的习惯，而且对于这里的人民印象也不好。我们要保持一种军队的标准，应该随时注意，切勿随便。假如我们一不留心就会发生乱子的。”

“你为什么会想到这些呢？”享脱问。

洛夫脱略略地把身子挺了一下，他的嘴唇很坚决的咬着。迟早间每个人都要为了洛夫脱那种对于任何事情态度的坚决而揍他一顿的。他说：“我不这样想，我是在解释手册第十二章里关于在占领区里行动的一段。那是讨论得很周密的。”他开始说，“你——”随后又改口说：“每个人必得细细的读第十二章。”

享脱说：“我不懂那个著书的人曾否到过占领区。这里的人民都是最和善的，他们好像都是善良服从的人民。”

泼拉格尔从门里进来，脸上还是一半涂着肥皂，他擎了一只棕色的帆布袋，后面跟着汤特中尉。“就是这个东西吗？”泼拉格尔问。

“是的。把它拿出来，架着。”

泼拉格尔和汤特两人一起去弄那折着的三脚架，试验了一下，就把它架在享脱的身边。少校把画板旋上了，向左右歪了一下，然后把它放上。

洛夫脱上尉说：“你知道你脸上还有肥皂吗，中尉？”

“是的，长官，”泼拉格尔说。“正当我修胡须的时光，少校叫我去拿三脚架的。”

“好的，你赶快把它洗掉，”洛夫脱说。“也许会被上校看见的。”

“噢，他不在乎这些，他对于这些小事情倒满不在乎的。”

汤特在享脱的背后看着他工作。

洛夫脱说：“也许他不在乎，但是总不很雅观的。”

泼拉格尔拿了一条手帕，拭去了他脸上的肥皂，汤特在少校的画板角上指着一幅小图说：“这倒是一座很好看的桥，少校。但是我们到什么地方去盖这样一座桥呢？”

享脱低头看了看图画，回头对汤特说：“唉？噢，这不是我们要造的什么桥，这不过是一幅图画而已。”

“那么，你为什么要画一座桥呢？”

享脱觉得有些不安。“啊，你知道，在我家里的后院里，我有一座铁路的小模型，我要在一条河流上盖一座桥。虽然把铁路线一直筑到了河边，但是我没有把桥搭起，我想我也许可以先在外边的时光把他设计好。”

泼拉格尔从衣袋里拿出一张折着的影印的纸，他揭了开来，拿起来看着。这是一个女子的照相，露着腿，穿着漂亮的衣服，画着眉毛，是一个身体很健美的金发女子，穿着网眼的黑丝袜，乳褡很低，正在一把花边扇的后面偷眼窥视。泼拉格尔中尉把她擎得高高的说：“她不是很那个吗？”汤特中尉用批评家的目光把照相看了一眼说：“我不喜欢她。”

“为什么你不喜欢她呢？”

“我就是不喜欢她，”汤特说。“你要她的照相干什么呢？”

泼拉格尔说：“因为我喜欢她，而且我可以赌赛你也是喜欢她的。”

“我不喜欢，”汤特说。

“你真的说假如可能的话你就不愿意带她出去玩一天吗？”

汤特说：“不。”

“那么，你就发痴了。”泼拉格尔走到窗帘那里，他说："我就要把她钉在这里，让你暂时对她默想一回。"他把那幅照相钉在窗帘上。

洛夫脱上尉正在把他的军装捧在他的手里。他说："我想这样挂不大雅观，你还是拿下来，这对于本地的人民将产生一种不良的印象。"

享脱从他的画板上抬头说："什么东西不好？"他跟着他们的眼光看见了那幅照相，"是谁啊？"他问。

"她是一个女演员，"泼拉格尔说。

享脱很仔细地看着她。"噢，你认识她吗？"

汤特说："她是一个流浪者。"

享脱说："那么你认识她的？"

泼拉格尔牢牢的看着汤特。他说："喂，你怎么知道她是一个流浪者呢？"

"她样子像个流浪者，"汤特说。

"你认识她吗？"

"不，我不愿认识她。"

当泼拉格尔正要问："那么你怎么知道？"时洛夫脱上尉插进来了。他说："你快些把照片拿下来吧，假如你要挂的话就挂在你的床面前，这一间屋子是公用的。"

泼拉格尔像要反叛似的看着他，正要开口说话时，洛夫脱上尉说："中尉：这是命令啊！"于是可怜的泼拉格尔只好折弄了纸，又把它放进袋里。他又装做很高兴的换了一个话题，"这城里倒有几个漂亮的女子，"他说。“等我们安定了，一切事情都顺利进行时，我就要去认识几位的。”

洛夫脱说：“你还是去读读 X 第十二章吧，那里有一章是专讲男女关系的。”他带了绒毯，望远镜和军器出去了。在享脱背后看着的汤特中尉说：“那才聪明了！煤车可以经过煤矿一直运到船上。”

享脱在工作中慢慢地醒来，他说：“我们应当赶紧，我们必得使煤能够移动，这是一件大事情，我倒很感谢，因为这里的人民都是很安静而聪明的。”

洛夫脱身上不带一些军器的回到屋里来了，他站在窗口，望着那海港，望着那煤矿。他说：“他们是安静而聪明，就因为我们是安静而聪明的。我想我们对于这一点倒足以自傲的。所以我主张按部就班的去做，一切都是仔细计划好了的。”

门开了，蓝塞上校进来，他一进门就把外套脱掉。他的部下向他行了一个军礼——不十分严正，但是也可以过得去。蓝塞说：“洛夫脱上尉，请你下去调彭蒂克的班吧。他身体不大好，他说有些头晕。”

“是的，长官，”洛夫脱说。“我可以告诉你吗，长官，我刚然才下班呢。”

蓝塞注视了他一回。“我希望你能够不介意的去一次，上尉。”

“没有关系，长官，我是说了作为记录的。”

蓝塞冷笑了一下，“你是希望把它写入报告里吗？你是这样想吗？”

“这也不妨事，长官。”

“写得多了，”蓝塞说：“你的胸脯前就会有颗小东西可以挂了。”

“这是在军事经历中的里程碑啊，长官。”

蓝塞笑了。“我想是的。但是这恐怕不是你所要牢记的一块里程碑吧，上尉。”

“长官？”洛夫脱说。

“你慢慢会知道我这句话的意义的——也许。”

洛夫脱即刻带上了武器，“是的，长官，”他说。他走了出去，脚声响在木扶梯上，蓝塞颇感兴趣的看着他。他轻轻的说：“他是一个生来的军人。”享脱仰起头来把铅笔量了一下，他说：“是一只生来的驴子吧。”

“不”，蓝塞说。“他当军人的态度就是许多人当政客的态度。他不久就可以列入参谋部的，他会从上面看着战争，以后他还会喜欢战争的。”

泼拉格尔中尉说：“什么时候战争才会过去呢，长官？”

“过去？过去？你是什么意思？”

泼拉格尔接着说：“我们还有多少时候才能获胜呢？”

蓝塞摇摇头说：“噢，我不知道，地球上还有的是敌人呢？”

“但是我们会把他们打倒的。”

蓝塞说：“是的吗？”

“我们不会吗？”

“是的，是的，我们会的。”

泼拉格尔兴奋的说：“假如圣诞节附近很安定的话，你看可否放几天假呢？”

“我不知道，”蓝塞说。“这种命令必得从国内发出来。你要在圣诞节回家去吗？”

“我很希望这样。”

“也许你可以，”蓝塞说，“也许你可以。”

汤特中尉说：“这是一块很好的地方，人民也很和善，我们的人，有几个——也许会在这里住下来的。”

蓝塞开玩笑似的说：“也许你已经看中了几处你喜欢的地方了吧。”

“啊，”汤特说：“这里有几块很美丽的田地，假如有四五块地方并在一处，我想一定是一块适宜于居住的地方。”

“你家里没有祖田吗？”蓝塞问。

“不，长官，没有了。通货膨胀把这些东西都失去了。”

蓝塞现在不愿意再给这些小孩子讲话了。他说：“啊，是的，我们还有仗要打，我们还有煤要掘，你看我们能否等战争过去了再置办这些田产呢？这些命令必得从上面发下来的，洛夫脱上尉会告诉你这一些的。”他的态度变了。他说：“享脱，你的钢明天可以送到，这星期之内就可以开始铺筑路轨了。”

门上响了一声，一个卫兵的头伸了进来。他说：“考莱尔先生要看你，长官。”

“请他进来，”上校说。他就对其余的人说：“这个人就是替我们做准备工作的。我们也许和他还要有些纠纷。”

“他工作做得好吗？”汤特问。

“是的，他做得很好，但是他以后不会再在这里得到民心了。而且我在疑惑他是否也能和我们相处。”

“他是确实值得赞扬的，”汤特说。

“是的，”蓝塞说。“你不要以为他不会提出要求来的呢？”

考莱尔进来了，搓着手，表示着诚意和亲善。他还是穿着那身黑色的便服，但是头上有一块白纱布，两条十字形的橡皮膏黏在头发上。他走到屋子中间说：“早安，上校，我应当在昨天楼下发生了那件事情以后来看你的，但是我知道你忙得很。”

上校说：“早安。”于是他的手挠了一圈说，“这些是我的部下，这位是考莱尔先生。”

“很好，”考莱尔说：“他们事情干得很好。但是也靠我替他们布置一切的。”

享脱低头望着画板，他摸出一支墨水笔，蘸了一下，便开始把他的画着上墨色。

蓝塞说：“你也干得很好。虽然我希望你没有把那六个人杀掉。我倒希望他们的兵没有赶回来。”

考莱尔张开了手很安稳的说：“对于这样大的一个小城市，还有煤矿在内，损失六个人算得什么呢。”

蓝塞很严正的说：“假如需要杀人，我也不反对，但是有的时候还是不杀的好。”

考莱尔正在研究着那些军官们，他向旁边的中尉看了一眼，便说：“我们可以——也许——两个人谈一回吧，上校？”

“好的，假如你要的话。泼拉格尔中尉和汤特中尉，你们可以到自己的屋子里去吗？”上校便对考莱尔说：“享脱少校正在工作，他在工作的时候是不会听见什么的。”享脱仰头看了一下，静静的微笑着，又垂头工作去了。年轻的中尉们便离开了屋子。他们走后，蓝塞说：“现在我们可以谈了，你请坐吧。”

“谢谢你，长官。”考莱尔便坐在桌子的后面。

蓝塞看看考莱尔额上的绷带，他很率直的说：“他们已经要设法弄死你了吗？”

考莱尔用手指摸摸他的绷带，“这个吗？噢，这是今天早上从山壁上落下来的一块石头击破的。”

"你决定这块石头不是被别人丢的吗？"

"你是什么意思？"考莱尔问："这里的人都不是凶悍的，他们有一百多年不经历战争了，所以他们简直已经忘记了斗争。"

"你和他们生活在一起，"上校说："你是应当知道这些的。"他走近到考莱尔身边，"假如你现在还安全的话，那么这里的人确实和世界上其他的地方大不相同。我过去也曾参加过占领土地的工作。二十年以前，我是在比利时和法兰西的。"他把头摇了一下，好像要澄清脑袋似的，继着他很刻薄的说："你确是做了一件很好的工作。我们应当感谢你。我已经把你的工作写进我的报告里去了。"

"谢谢你，长官，"考莱尔说。"我是尽了我的能力的。"

蓝塞带些疲乏的声调说："好的，先生，我们现在将怎样办呢？你喜欢回到京城去吗？你假如要赶路，我们可以把你放在运煤的驳船上；你要等待几天，那便可以把你放在驱逐舰上。"

考莱尔说："但是我不愿回去，我要住在这里。"

蓝塞研究了一回便说："你知道，我没有多少人，我不能派足够的保镖保护你。"

"但是我不需要什么保镖，我告诉过你他们不是凶悍的人民。"

蓝塞把绷带又看了一回。享脱从他的画板上抬头望了一下说:“你还是戴一顶钢盔吧。”说完他又埋头去工作。

考莱尔把身体在椅子里向前移动了一下。“我特别要和你商量一下,上校,我想我在行政方面也许可以效些微劳。”

蓝塞掉头走到窗面前,向外面望着。于是又返身轻声的说:“你心里在怎样打算呢?”

“你必得有一个你所能信任的行政当局,我想奥顿市长现在可以下台来——假如我能担任他的职位,那行政和军事方面一定可以精诚合作。”

蓝塞的眼睛好像张大而发光了。他走近考莱尔,他很严厉的说:“你在报告里也讲起这件事情了吗?”

考莱尔说:“是的,当然说的——就在我的分析里。”

蓝塞插过去说:“自从我们到了这里来以后,除了市长,你曾对城里的人说过话吗?”

“没有。你知道,他们有点吃惊。他们料不到这样的。”他冷笑着。“没有,长官,他们确是没有预料到的。”

蓝塞又追问他:“那么你不知道他们现在心里在想些什么啊?”

“他们是吃惊的,”考莱尔说。“他们是——他们简直像在做梦一般。”

“你不知道他们对于你是怎样想法吧?”蓝塞问。

“我有许多朋友在这里，我每个人都认识的。”

“今天早上有人到你铺子里买东西吗?”

“当然，生意是中止了，”考莱尔回答。“没有人再来买东西了。”

蓝塞忽然变成随便了。他走到椅子里坐了下去，把腿交叠着，他轻声的说：“你做的是工作中最困难而最勇敢的一部分，确实应当大大酬谢的。”

“谢谢你，长官。”

“但是在相当时期里你会被他们所痛恶的，”上校说。

“这我可以应付，长官，他们都是敌人啊。”

蓝塞迟疑了好一回，然后轻声的说：“你还不会得到我们的尊敬呢?”

考莱尔兴奋的跳了起来，“这完全违背了领袖的话!”他说，“领袖曾说过一切部门的工作人员都是值得尊敬的。”

蓝塞很安静的说，“我希望领袖会知道，我希望领袖能懂得兵士的心理。”继着他几乎是怜悯的说：“你是应当重重酬劳的。”他静坐了一回，又鼓起精神来说：“我们必得把事情弄个明白。我是统治这地方的人，我的责任就在把煤掘出来。要达到这目的我必得维持秩序和纪律。要达到这目的我必得了解这里的民心，我必得预防叛变，你懂得这一点吗?”

“我可以替你搜寻你所需要知道的东西，长官。假如我当了市长，我一定是很能效劳的，”考莱尔说。

蓝塞摇摇他的头，“关于这件事情，我没有得到训令。我必得运用我自己的判断力。我想你不会再知道这里所进行的事情，我想没有人再对你讲话，也没有人再会接近你，除去那些但图营利的有钱人。我想没有保镖，你是在重大的危险中。假如你能回到京城去，那我最欢迎，而且你美满的工作也可以得到酬报。”

“但是我的地位是在这里，长官，”考莱尔说。“我已造就我的地位。这些都已写在我的报告里了。”

蓝塞好像没有听见似的继续着说：“奥顿市长不但是一个市长而已，”他说。“他是他人民的代表。他不需要探听就会知道他们的行动和思想，因为他所思想的就是他们所思想的。我只要看守着他，我就知道他们。他是必得留任的，这是我的决断。”

考莱尔说：“我工作的成绩，长官，应当比把我遣送回去得到较高些的待遇吧。”

“是的，不错，”蓝塞慢慢的说。“但是在更大的工作上讲，你现在已是一个有害的东西，假如他们现在没有憎恨你，将来也会憎恨的。在任何小的叛乱中，你将是第一个被害的人。所以我劝你回去。”

考莱尔很顽强的说："你当然答应等我那封寄到京城去的报告获得答覆以后再作决定吧。"

"那当然。但是我是为了你个人的安全起见才劝你回去的。坦白的讲，考莱尔先生，在这里你已经没有价值了。那里还有别的计划和别的国家，你现在也许可以到别的新的国家里的新的城市去做工作。在新的地方你可以获得新的信任，你也许会被派到一个更大的城市，或是一个大都会去担负更大的职务。我想我一定把你在这里所做的工作大大的吹嘘一番。"

考莱尔的眼睛闪着满意的光芒。"谢谢你，长官，"他说。"我过去也曾努力的工作过。也许你的话是对的。但是你必得让我等候京城来的回音。"

蓝塞的声音很紧张，他的眼睛缩成一条缝。他很严厉的说："那么戴上一顶钢盔，住在屋里，晚上不要出门，最要紧的不许喝酒。不要相信任何女人或男人。你明白了吗？"

考莱尔很可怜似的看着上校："我想你不会了解我。我有一座小房子。还有一个很活泼的乡下姑娘服侍我。我还在想她倒有些喜欢我呢。这些都是淳朴而和平的人民。我是知道他们的。"

蓝塞说："天下没有和平的人，你几时才能懂得这一点呢？天下也没有可交的人。你了解这一点吗？我们侵占了这个国家——你呢，他们所谓奸细的工作，替我们准备了一切。”他的脸红了，声音也高了，“你懂得我们是在和这些人民作战啊？”

考莱尔很简捷的说：“我们已经把他们打败了。”

上校站了起来，无力的摇着手。亨脱仰头看看，生恐画板被他掣动，用他的手保护着。亨脱说：“谨慎些，长官，我正在上墨，我不愿再从头画起了。”

蓝塞俯视着他说：“对不起。”又像在上课般的说了下去，他说：“失败是一件暂时的事情。失败是不长久的，我们过去失败过，现在又进攻了。失败没有什么道理，你懂得吗？你知道他们在门背后说些什么话吗？”

考莱尔说：“你知道吗？”

“不知道，但是我在疑惑。”

于是考莱尔很婉转的说：“你害怕吗，上校？占领地的司令长官是应当恐惧的吗？”

蓝塞沉重的坐了下来说：“也许是这样。”他又很憎恶的说：“我最讨厌那批没有从事战争而懂得一切的人。”他用手叉着下颔说：“我记得在比京有一个老妇人——甜密的脸，雪白的头发，大约不过四尺十一寸高，很柔美的一双老年人的手，她的血管在她的皮肤上简直像是黑色的。她披着一条黑围巾，头发已花了。她常常用颤动而甜密的声音向我们唱我国的国歌。她知道什么地方去买香烟，也知道什么地方有姑娘。”他的手从下颔上垂了下来，像是从睡眠中醒来似的。“我们还不知道他的儿子已被杀死了，”他说。“到最后我们枪毙她的时光，她已经用一只长而黑的帽针刺死了我们十二个人。这支针至今还藏在我的家里，针上有一颗珐琅的纽扣，上面是一只鸟，用红蓝两色拼合成的。”

考莱尔说：“你把她枪毙了吗？”

“当然我们枪毙了她。”

“这种谋杀案件以后就停止了吗？”考莱尔问。

“不，谋杀案件并不停止。到最后我们撤退时，他们把执行绞刑的人杀死了。有几个是被活活烧死的，有几个的眼睛都被挖掉了，有的把他们钉在十字架上。”

考莱尔很骄傲的说：“这些事情是不应当说的啊，上校。”

“这些事情是不应当记住的罢了，”蓝塞说。

考莱尔说：“假如你害怕的话，你就不应当带兵。”

蓝塞很柔和的说：“你知道，我是懂得如何打仗的。假如你也懂得了，你至少不会犯愚蠢的错误。”

“你对青年军官也这样讲吗？”

蓝塞摇摇头：“不，他们不会相信我的。”

“那么，你为什么告诉我呢？”

“因为，考莱尔先生，你的工作已经完了了。我记得有一个时光——”正在讲话的时光，扶梯上有一阵混乱的脚步声。门便立刻打开了。有一个卫兵探头望了一下。洛夫脱上尉闪了进来，洛夫脱是很刚强冷酷而威武的。他说："出了乱子了，长官。"

"乱子？"

"我要报告，长官，彭蒂克上尉被杀了。"

蓝塞说："啊——是的——彭蒂克！"

扶梯上又有许多人的脚步声，两个抬架者进来，扛着一个盖着被单的人。

蓝塞说："你决定以为他是死了吗？"

"一定的，"洛夫脱很坚定的说。

中尉们从卧室里进来，他们的嘴唇微微张开着，好像有些受了惊的样子。蓝塞说："把他放在那边，"他就指着窗边的墙壁。抬架者去了以后，蓝塞跪下来揭起被单的一角，立刻就把它放下了。他跪着向洛夫脱说：

"是谁干的？"

"一个矿工，"洛夫脱说。

"为什么？"

"我也在场，长官。"

"那么你报告给我听，快些报告，你这混蛋！"

洛夫脱振作了一下，很有礼貌的说："我按照了上校的命令，刚刚接了彭蒂克上尉的班，当彭蒂克上尉预备回到家里来的时光，我和一个要离职的反叛的矿工发生冲突。他好像叫喊着要做一个自由的人，我命令他做工时，他就拿了一张鹤嘴锄向我冲上来，彭蒂克上尉便挺身来干涉，"他向那个死尸呶了一下。

蓝塞还跪在地上，慢慢的点点头，“彭蒂克是一个奇怪的人，”他说。“他喜欢英国人，喜欢英国的一切东西，我想他是不很喜欢打仗的……；抓到了那个人没有？”

“抓到的，长官，”洛夫脱说。

蓝塞慢慢地站起来，好像自言自语的样子。“这样，事情又得开始了。我们枪毙那个人，再要加上二十个人。我们只知道这样做，我们只知道这样做。”

泼拉克尔说：“你说什么，长官？”

蓝塞回答说：“没有，一点也没有什么，我是正在想。”他转向洛夫脱说：“请你去向市长请安，并且告诉他请他立即来看我，有一件很紧要的事情。”

享脱少校向上望了望，很小心的拭干了他那枝墨水笔，把它放在一只丝绒边缘的匣子里。

三

在这座城市里，人民在街道上阴沉沉地来往着。眼睛里惊愕之光已去掉了一些，但是还看不出一点愤怒的表情。在煤矿里，工人们阴沉沉地推着煤车。小商人站在柜台后面招呼客人，可是没有人和他们讲话。人们用单音字母互相言语。每一个人都想着战争，想着自己，想着过去，更想着事情怎么会变得这样的快。

在奥顿市长官舍的客厅里，生着微温的炉火，因为外边是阴天，所以屋内已亮着灯光，天正降着霜。这一间屋子本身已经发生了变化。罩着织锦套子的坐椅已推在后边，小桌子也改了地位，门口靠右边约瑟夫和安妮正在设法搬进一只大而方的餐桌。他们把它侧在一边，约瑟夫已到了客厅里，安妮那副涨红了的脸，也可以从门里看见。约瑟夫把枱脚向一边侧了一下，他喊："现在不要推，安妮!"

"我正在这样做啊，"那个红鼻子红眼睛而生着气的安妮说。安妮老是有些生气，而这些军人和这种占领的事情，更不能改善她的脾气。几年来完全被认为是一种坏的性癖，现在倒成为一种爱国的情绪了。为了她把沸水泼在兵士们的身上，安妮被人尊为是一个主张自由的典型人物。她也许会把水泼在任何一个闯到她走廊上去的人的身上，但是无意中她已成为一个女英雄；而且因为愤怒是她成功的起点，安妮便鞭策她自己，用加倍的和经常的愤怒去获得新的成功。

“不要拖桌子的底，”约瑟夫说。桌子楔住在门口了。“慢慢的，”约瑟夫说。

“我是在慢慢的啊！”安妮说。

约瑟夫走远了在研究这桌子，安妮交叉着手瞅着他。他试试一只脚。“不要推，”他说。“不要推得太重了。”他一个人倒把桌子推进了门口，安妮叉着手跟在后面。“现在她竖起来了，”约瑟夫说。最后安妮帮他把四足放平，再移到了屋子的中央。安妮说：“假如不是市长叫我这样做，我真不愿意干。他们有什么权利可以移动桌子呢？”

“真有什么权利呢？”约瑟夫说。

“没有，”安妮说。

“没有，”约瑟夫重说了一遍。“我看来他们一点权利也没有，但是他们干了；就靠了他们的枪和降落伞，他们什么都干了，安妮。”

“他们是没有权利的，”安妮说。“他们究竟要这一张桌子放在这里干什么呢？这又不是大菜间。”

约瑟夫把椅子放在桌前，他把它谨慎的放在离桌子很适当的距离，又移正了一下。“他们要举行审判，”他说。“他们要审问亚力山大·莫顿。”

“摩兰·莫顿的丈夫吗？”

“摩兰·莫顿的丈夫。”

“是为了用鹤嘴锄把那个家伙打了吗？”

“不错，”约瑟夫说。

“但是他是一个好人啊，”安妮说。“他们没有权利审问他的。摩兰诞辰那天他还送了一件红衣裳给她。他们有什么权利审问亚力克斯呢？”

“噢，”约瑟夫解释，“他杀死了那家伙。”

“纵使他这样做了，那也因为他在旁指挥亚力克斯的缘故。亚力克斯是不愿人家指挥他的。亚力克斯担任过区长，他的父亲也担任过。而且摩兰·莫顿会做美味的蛋糕呢，”安妮很怜悯似的说着。“就嫌她的糖霜太硬了一点。他们要把亚力克斯怎么样呢？”

“枪毙他，”约瑟夫很忧郁的说。

“他们不能这样做的。”

“把椅子拿过来！安妮。他们可以这样做的，他们就要这样做。”

安妮把一只手指指在他的脸上。“你记住我的话，”

她很生气的说。“假如他们伤害了亚力克斯，人们不会高兴的。人们喜欢亚力克斯。他过去曾伤害过别人吗？你回答我这一点。”

“没有，”约瑟夫说。

“那你看，假如他们伤害了亚力克斯，人们就会发狂，我也会发狂。我是不能忍受这种事情的。”

“那你预备怎么样？”约瑟夫问她。

“我自已要杀死他们几个，”安妮说。

“那么他们会枪毙你，”约瑟夫说。

“让他们去吧！我告诉你，约瑟夫，事情也许会一天天坏下去，整夜的搜查，枪杀百姓。”

约瑟夫又在桌子的一端移正了一只椅子。他很奇特的忽然变成了一个叛党。他轻声地说：“安妮。”

她犹豫了一回，了解了他的声调，便走到他的面前。他说，“你能够保守秘密吗？”

她带点倾佩的神气看着他，因为他过去一直没有秘密的。“可以的，究竟是什么啊？”

“威廉·狄尔和华尔脱·陶及尔，昨天晚上逃走了。”

“逃走了？那里去的呢？”

“他们乘了一只小船到英国去了。”

安妮很快活的感叹了一下，“每个人都知道了吗？”

“不是每个人，”约瑟夫说。“每个人除了——”他用指头很快的指着楼板。

“他们什么时候走的？我怎么一点都不听到？”

“你太忙了，”约瑟夫的声音和表情都是冷酷的。“你知道那考莱尔吗？”

“知道的。”

约瑟夫向她走近了几步。“我想他不会活得长久的。”

“你是什么意思？”安妮问。

“噢，人们正在讲。”

安妮很紧张的说，“啊——啊。”

约瑟夫最后发表意见了，“人们正在团结起来，”他说。“他们不愿被征服。事情快要发生了，安妮。你把眼睛张开着，将来还有你做的工作呢。”

安妮问：“市长怎样呢？他将干些什么？市长怎能忍受下去呢？”

“没有人知道，”约瑟夫说。“他一句话都不说。”

“他不会反对我们的，”安妮说。

“他没有说，”约瑟夫说。

左手门上的门球一转，奥顿市长慢慢的进来了。他看来很疲乏而苍老。在他的背后跟着温特医生。奥顿说：“很好，约瑟夫。谢谢你，安妮，这很好看。”

他们走了出去，约瑟夫在把门关上以前又从门里回头望了一下。

奥顿市长走到火炉边用他的背去取暖。温特医生把桌子一端的椅子拉来坐下了。“我不知道这位置我还能维持多久?”奥顿说。“人民既不信任我，敌人也并不。我不懂这是不是件好事情。”

“我不知道，”温特说。“你信任你自己，不是吗?你的心里是没有疑惑的?”

“疑惑吗?没有。我是市长，但是许多事情我不懂。”他指指那桌子。“我不懂他们为什么要在这里来举行审问。他们要在这里把亚力克斯当杀人犯来审问他。你记得亚力克斯吗?他有位漂亮的太太叫摩兰。”

“我记得的，”温特说。“她是在中学校里教书的，我记得的。她很漂亮。她虽然需要戴一副眼镜，但是她不愿戴。我想亚力克斯杀死了一个军官，那是不错的。没有人对于这件事有什么疑问。”

奥顿市长很痛苦的说：“没有人对于这件事有什么疑问。但是他们为什么要审问他呢?他们为什么不枪毙他呢?这不是件疑问或真实，公理或不公理的问题，这里一点成份都没有。但是他们为什么要审问他——而且在我的屋子里呢?”

温特说：“我想这是为了表演。那里含有一种意义：假如你把一件事情按了手续做，你就得到了，而人民因为手续的关系也会感到满意。我们有军队——兵加上枪，但是这不是军队，你懂得吗?侵略者要举行审问就在希望使人民知道其中还含有公理。亚力克斯确实杀死了那上尉，你知道。”

“是的，我知道，”奥顿说。

温特说：“假如是在你的屋子里审问，那里是人民期望着公理的——”

他的话被左手那扇门的打开而中断了。一个年轻的女人进来。她大约有三十岁光景，生得很漂亮。她手里拿了一付眼镜，她穿得简洁朴素，精神却很兴奋。她很快的说：“安妮告诉我可以一直进来，先生。”

“噢，那当然，”市长说。“你是摩兰·莫顿啊。”

“是的，先生，我是的。他们告诉我亚力克斯是要被审问而枪毙的。”

奥顿向地上望了一回。摩兰又继续说：“他们说你要判决他，是要由你发令把他送出去枪毙的。”

奥顿仰起头，吃了一惊。“这是什么话？是谁说的？”

“城里的人都在说。”她立得挺直的问，一半是乞怜，一半是要求，“你不会这样做，是不是啊，先生？”

“我自己不知道的事情人民怎样会知道的呢？”他说。

“这是一大神秘，”温特医生说。“这真是一种使全世界上的当政者都感到不安的神秘——人民怎么会知道的呢。人家告诉我现在连侵略者都感到不安，因为消息可以跳过检查，事实的真相无法统制，这真是一大神秘。”

这女子向上望着，因为屋子忽然暗了下来，她有点害怕。“这是一阵乌云，”她说。“雪快要来了，今年的雪来得特别早。”温特医生走到窗前，他斜着头看天，他说：“这是一块大云，也许就会过去的。”

奥顿市长把一盏灯扭亮了，可是只发射着一小圈的火光。他又把他扭熄了，他说：“白天的灯光是孤寂的。”

摩兰走近了他，“亚力克斯不是一个杀人的人，”她说。“他脾气很烦躁，但是他没有犯过法，他是一值得尊敬的人。”

奥顿把手放在她的肩上，他说：“亚力克斯小的时光我已经认识他了。我认识他的父亲和祖父，他的祖父从前是个猎熊的人，你知道这些吗？”

摩兰没有理会他。“你不会审判亚力克斯吧？”

“不，”他说。“我怎么可以审判他呢？”

“人家说为了维持秩序，你要这样做。”

奥顿市长站在椅子背后，他用手握着椅背。“人民需要秩序吗？摩兰？”

“我不知道，”她说，“他们只要自由。”

“他们知道怎样才能获得自由么？他们知道用什么方法才能对付有武器的敌人吗？”

“不，”摩兰说。“我想他们不知道。——”

“你是一个聪明的女子，摩兰，你懂得么?”

“不，先生。但是我想百姓们觉得假如他们变了顺民，那就表示他们是打败了。他们要表示给这些兵士看的就是他们并没有被打败。”

“他们没有机会去战斗。对机关枪是无法战斗的，”温特医生说。

奥顿说：“当你知道他们要做什么的时候，你肯告诉我吗，摩兰?”

她很疑惑似的看着他，“是的”——她说。

“你意思是说‘不’，你是不相信我。”

“但是亚力克斯的事情究竟怎样呢?”她问他。

“我不会判决他。他对我们的人民没有犯什么罪，”市长说。

现在摩兰有些迟疑。她说：“他们会——他们会把亚力克斯枪毙吗?”

奥顿呆望着她。他说：“亲爱的孩子，我亲爱的孩子。”

她挺直的站着：“谢谢你。”

奥顿再走近她时，她轻声的说：“不要碰我，请你不要碰我。”于是他的手放下了。她呆站了一回，忽然掉回头，走出了门。

她刚刚闭上门，约瑟夫进来了。“原谅我，先生，上校要看你。我说你很忙，我知道她在这里，而且夫人也要看你。”

奥顿说：“请夫人进来。”

约瑟夫走了出去，夫人即刻进来。

“我不懂我怎么来管家，”她开始说。“人多得屋子里容不下，安妮还老是在生气。”

“嘘，”奥顿说。

夫人很惊异的看着他，“我不知道——”

“嘘，”他说。“莎拉，我要你到亚力克斯·莫顿的屋子里去。你懂得么？我要你当她需要的时候陪着摩兰·莫顿。不要说话，只要和她在一起。”

夫人说：“我有许多事情——”

“莎拉，我要你和摩兰·莫顿待在一起。不要离开她。现在请你就去。”

她慢慢地理解了。“好的，”她说。“我去，什么时候才能完了呢？”

“我不知道，”他说。“到了时光我会叫安妮来告诉你的。”

她在他的脸上轻轻的吻了一下便出去了。奥顿走到门口喊：“约瑟夫，现在我可以接见上校了。”

蓝塞进来。他穿了一身新烫的制服，有一支装饰用的短刀挂在皮带上。他说：“早安，市长，我要和你随便谈谈。”他向温特医生瞟了一眼：“我要和你一个人谈几句话。”

温特慢慢的走向门口。他到门口时，奥顿说：“医生！”

温特回头说：“什么？”

“你今晚上回来吗？”

“你有工作给我做吗？”医生问。

“不——没有，我就怕寂寞吧了。”

“那么我会来的，”医生说。

“医生，你看摩兰的样子没有什么吧？”

“噢，我想没有什么。我倒怕她已近乎歇斯特里了。她身体是很结实的，你知道她是肯特莱家的子女啊！”

“我忘记了，”奥顿说。“是的，她是肯特莱家来的，是不是？”温特走了出去把门轻轻的掩上了。

蓝塞很有礼貌的等着，他等那扇门闭上了。他又看看桌子和四边的椅子。“我真不知道应当怎样向你抱歉才是。我希望这件事没有发生。”

奥顿市长向他鞠躬，蓝塞继续说：“我喜欢你，先生，我也敬重你。但是我有我的责任，你当然会承认这一点。”

奥顿没有答覆，他一直望着蓝塞的眼睛。

“我们不是单独行动或是凭了私人的判断的。”

蓝塞在言语之间等候着答覆，但是什么也没有得到。

“我们是奉命而行的，这些命令决定于京城。这个人杀死过一个军官。”

最后奥顿回答了。“那你为什么不把他枪毙呢。这是最适宜于这样做的时候了。”

蓝塞摇摇头。“假如我同意你的话，那就没有异见了。你和我一样的明白，惩罚的最大意义是在消灭可能的犯罪。因此惩罚是给众人看而不单是为犯人身受的。所以应当把它公开化，更应当把它戏剧化。”他把手指伸到皮带上把小刀弹了一下。

奥顿掉回头去从窗口向窗外灰黑的天空望着。“今天恐怕要下雪吧，”他说。

“奥顿市长，你知道我们的命令是不可抗拒的。我们必得获到煤斤，假如你们人民不守秩序，我们便只得用武力来恢复秩序。”他的声音变得很严厉。“假如必要的话，我们还要枪毙人。假如你不愿你的人民受到伤害，你就得帮助我们维持秩序。我们的政府认为一切惩罚应当发自地方当局，因为这样可以造成一种更有秩序的局面。”

奥顿轻声的说：“所以人民倒知道了。这真是一件秘密。”他更大声的说：“你是要我在这里举行审判以后把死刑加到亚力山大·莫顿的身上去吗？”

“是的，假如你能这样做，你就能防止以后的许多流血。”

奥顿走到桌子那里，把头上的一只椅子拉了出来坐着。忽然他变做一个法官而蓝塞是一个罪人似的。他用他的手指击在桌上。他说：“你和你的政府不了解我们。整个世界上，只有你们一个政府和人民在几世纪里连续不断的失败，而每一次都为了你们不能了解人民的缘故。”他隔了一会儿，“这办法是行不通的。第一，我是市长，我无权判人死罪，社会上也没有一个人有此权利。假如我做了，我就将和你们一样的违法。”

“违法？”蓝塞说。

“你进来的时光杀死了六个人，根据我们的法律，你们都犯了杀人罪，你们全体都犯了罪。你又为什么玩这些法律的把戏呢？上校，你我之间谈不上法律的。这是战争。你知道除非你们把我们都杀尽否则我们有一天会把你们都杀光的。你们进来的时光把法律破坏了，现在倒用新的法律去替代它。你还不懂吗？”

蓝塞说：“我可以坐下来吗？”

“你为什么要问我呢？这又是一句谎话，假如你高兴的话，你还可以叫我站着呢。”

蓝塞说：“不，不论你信与不信，在我个人，倒确是很尊敬你和你的职务的。并且”——他把手摸了一回前额——“你知道，我以为像我这样一个有些年纪和记忆的人是毫无用处的。我也许同意你的话，但是这与事无补。我在工作着的那个军事的和政治的组织，它有许多意向和行动是不能改变的。”

奥顿说："从有历史以来，这种意向和行动在每一件事情里都已证明是错误的。"

蓝塞苦笑着："以我个人而言，我是有些记忆的，所以也许同意你的话。并且还可以告诉你，军人和军事组织的意向之一就是使你无力学习，使你在以杀人为职务外无力看到任何别的东西。但是我是一个不肯服从记忆的人。所以那个矿工必得公开的枪毙。因为理论上是在使以后的人不再敢杀死我们的人。"

奥顿说："那么，我们不必再多说什么话了。"

"不，我们必得谈谈。我们要获得你的帮助。"

奥顿静坐了一回。他又说："我告诉你我所要做的事。那天杀死我们六个兵士的机关枪手一共有几个？"

"噢，不到二十个吧，我想。"蓝塞说。

"好的，假如你能把他们枪毙，我就判莫顿的罪。"

"你不是讲真话吧！"上校说。

"我是讲的真话。"

"这事情办不到的，你是懂得的。"

"我懂的，"奥顿说。"那么你要求的事情也办不到。"

蓝塞说："我想我也懂得这一点。那么让考莱尔来做市长吧。"他很快的仰头望了一眼，"你愿意留着审问吗？"

"好的，我留着，这样亚力克斯也许可以不感到寂寞。”

蓝塞向他望着，带些感伤的微笑了一下。“我们已担任了一工作了，是不是?”

“是的，”市长说。“世界上一件不可能的工作，一件办不到的事情。”

“这是什么?”

“去永久破坏人的精神。”

奥顿的头向桌子低垂着，他没有向上望。他说：“雪已开始下来了。雪也等不及天黑。我真喜欢雪的那甜甜的清凉的香味啊。”

四

十一点钟的时光，大而软的雪片沉沉的倾倒着，连天空都看不见了。人们在雪片中匆忙的奔驰，雪堆积在门口，堆积在广场中的铜像上，堆积在从煤矿到海湾去的铁轨上。雪堆积起来，小运货车推着，滑着。城市的上空罩着一层比云更厚的黑气；城市的上空，罩着一种阴沉的色彩和增加着的仇恨。人们在路上都停留不久，他们一走进门，门就关了，好像窗帷后面有人窥视着似的。当军人在路上走过，或是当巡逻队在大街上巡行时，所有的眼睛都充满了冷酷阴沉的目光注视着他们。在店铺里，人们进来买些食粮，他们要了货物，拿到了手，付了账，和售货员一言不发的又出去了。

在小小官舍的客厅里，灯光还是亮着，灯光照在窗外的雪片上。法庭正在开审，蓝塞坐在桌子的主位上，享脱在他的右边，其次是汤特，在下端洛夫脱上尉面前放了一堆文件。在对面，奥顿市长坐在上校的左边，其次是泼拉格尔——他在一本拍纸簿上乱涂着。桌子旁边站着两个上刺刀戴钢盔的兵士，像是两个木偶一般。介于他们之间站着一个强壮的青年，前额低阔，眼睛很深，鼻子尖而长，他的下颔很结实，他的嘴阔而又厚。肩膀很阔，臀部很狭，他前面那双上了镣的手，一回儿握着，一回儿松着。他穿着黑裤子，打开着领子的蓝衬衫，罩了一件旧了发光的深色的外套。

洛夫脱上尉把放在他面前的那件公文念着，“当令其返回工作时，彼即抗命不行。第二次发令时，彼即举其所携之鹤嘴锄欲击洛夫脱。彭蒂克上尉立即挺身干涉——”

奥顿市长咳了一下。当洛夫脱住口时，他就说：“亚力克斯，坐下来。卫队中派一个人去拿一张椅子给他。”有个卫兵就毫无疑问的回头拉上了一张椅子。

洛夫脱说：“按习惯，犯人是应当站着的。”

“让他坐下，”奥顿说。“只有我们自己是知道的。你在报告中说他站着就好了。”

“按习惯不可以伪造报告，”洛夫脱说。

“坐下来，亚力山大，”奥顿又说了一遍。

这一位大个子的青年就坐了下去。他那上镣的手在膝上不知放在那里的好。

洛夫脱又继续着：“这是违反一切——”

上校说：“就让他坐下吧。”

洛夫脱上尉咳了咳嗽。“彭蒂克挺身干涉时，头部即中一击，脑壳因之破裂。附有伤单一份，要我念出来吗？”

“不必，”蓝塞说。“快些尽你可能的说下去吧。”

“此项事实均经我兵士数名目击，且附有口供单。本军事法庭认为罪人犯有杀人之罪，理应判处死刑。需要我念兵士的口供单吗？”

蓝塞叹息了一下：“不。”他转向亚力克斯。“你不否认你曾杀死那位上尉吗？”

亚力克斯很感伤的微笑着，“我打中了他，”他说。“我却不知道我杀死了他。”

奥顿说：“干得好，亚力克斯！”他们两个人互相对视着像是两个朋友一般。

洛夫脱说：“你的意思是说他被别人所杀死的吗？”

“我不知道，”亚力克斯说。“我击中了他，于是人家把我也击中了。”

蓝塞上校说：“你还有什么解释吗？我想不会有任何事情可以变更这种判决了。但是我也愿意听一下。”

洛夫脱说：“我郑重的提议上校不应当如此说，因为这表示这法庭不是大公无私的。”

奥顿干笑一下。上校向他望望，微微的笑着：“你还有什么解释吗？”他重覆着说。

亚力克斯擎起了一只手，可是另一只手也跟了起来，他觉得很不安，便把双手重新一齐放在膝盖上。“那时我发了狂，”他说。“我有很坏的脾气。他说我必得作工，但是我是一个自由的人。我发狂了，我就打了他一下，我想我打得很重。不料打错了一个人。”他指了洛夫脱，“我要打的是这个人，是这一个。”

蓝塞说：“你要打那一个人倒没有什么分别，任何人都是一样的。你对于这件事也感到抱歉吗？”他向桌上的旁人说：“假如他觉得抱歉，纪录上就好看些。”

“抱歉吗？”亚力克斯问。“我不觉得抱歉。他叫我去工作，我，我是一个自由人。我是当区长的，他却叫我去做工。”

“假如判决的是死刑，那么你会感到抱歉吗？”

亚力克斯低着头，认真的试想了一回。“不，”他说，“你的意思是说我下次还要如此做吗？”

“这正是我的意见。”

“不，”亚力克斯很有思想的说。“我想我不会觉得抱歉的。”

蓝塞说：“你在纪录簿上写，犯人颇有悔悟之心，判决可说是自动的。你懂吗？”他又对亚力克斯说：“法庭没有别的办法，法庭发觉你已犯了罪，所以判你立即枪决。我看我也不必再使你因此而多受苦难了。洛夫脱上尉，还有什么事情忘记的吗？”

“你把我忘记了，”奥顿说。他站了起来，把椅子推到后面走向亚力克斯。亚力克斯习惯地很尊敬地站了起来。“亚力克斯，我是被人民推选的市长。”

“我知道的，先生。”

“亚力克斯，这些人是侵略者，他们用突袭，奸计和武力夺取了我们的国土。”

洛脱夫上尉说：“长官，这是不准许的。”

蓝塞说：“嘘。你看让他们说出来我们听着，还是让他们偷偷地耳语呢？”

奥顿一直说下去，好像没有被中断过似的：“当他们进来的时光，人民也糊涂了，我也糊涂了，我们不知道应当怎样做怎样想才对。你所做的是第一次明确的行为，你的私愤是公愤的开始。我知道城里谣传着说我是和这一伙人同谋的。我将来可以表示给这个城市看——但是你快要去就义了，我只希望你能够明白这一点。”

亚力克斯垂着头又抬了起来：“我明白的，先生。”

蓝塞说：“军队准备好了吗？”

“已经在外边了，长官。”

“谁发号令？”

“汤特中尉，长官。”

汤特仰着头，下颌很坚实，闭着气。

奥顿低声的说：“你害怕吗，亚力克斯？”

亚力克斯说：“害怕的，先生。”

“我也不能叫你不害怕。假如是我，我也要害怕的，假如是这批年轻的战神也不会是例外。”

蓝塞说：“叫你的队伍预备。”汤特很快的站起走到门口。“他们都在此地了，长官，”他把门敞开着，可以看见外面戴钢盔的人。

奥顿说：“亚力克斯，你去吧。你要知道这些人是不会安息的。他们非走或死以前是不会获得安息的。你倒反可以使人民团结起来，这对于你是一种伤心的认识和极小的礼物。可是事实确是如此，他们不会获得安息的。”

亚力克斯紧闭着眼，奥顿市长靠近了他在他的颊上吻着。“再会吧，亚力克斯，”他说。

卫兵抓住亚力克斯的手臂。这位年青人紧闭着眼，他们就押他出了门口。军队向后转，他们的脚步离开了屋子，踏入了雪地，雪把他们的足迹都掩没了。

桌子四周的人都静默着。奥顿在窗口望着，用一只手在窗上拭去雪化，画成一个圆圈。他是望着，幻想着，于是他很快的向别处望了开去。他对上校说：“我希望你能懂得你在做的是件什么事。”

洛夫脱上尉收起了他的公文。蓝塞就问他，“是在广场上吗？上尉。”

“是的，是在广场上，这必得公开的，”洛夫脱说。

奥顿说：“我希望你能懂得。”

“朋友，”上校说。“不论我们懂得不懂得，事情必得这样做的。”

静默笼罩了全屋，每个人都静听着。时间隔得并不久，远处就送来了一阵枪声。蓝塞深深地叹了一口气，奥顿把他的手搁在额角上也叹了一口气。于是外边忽然起了一阵喧哗声。窗上的玻璃向里边破了。泼拉格尔中尉旋转了身子，擎着手在看着。

蓝塞跳了起来，叫着：“事情竟然开始了，你受伤得利害吗，中尉?”

“是在我的肩上，”泼拉格尔说。

蓝塞便发令了。“洛夫脱上尉，雪地上有足迹可寻的。现在我要到每家屋子里去搜查军火。每个人藏有军火的都要押做人质，你，先生，”他对市长说。“也要置于监护之下。再请你了解这一点，我们要枪毙五个，十个，一百个来抵偿一个。”

奥顿轻轻的说：“你是一个有些记忆的人啊。”

蓝塞在命令中忽然停了下来，他慢慢的望着市长，他们俩好像一会儿大家都了解了。蓝塞挺直了肩膀，“我是一个没有记忆的人!”他厉声的说。于是接下去说：“我要搜查这城市中每一件武器，每个抵抗的人都要带进来，快些，不要让他们把足迹都掩灭了。”

部中的人找到了他们的钢盔，松下了手枪，出发去了。奥顿走到被击破的窗口，很悲伤的说：“这甜甜的清凉的雪的香味啊。”

五

一天一天的过去，一星期一星期的过去，一个月一个月的过去。雪下着融着，下着又融着，最后下着而冻住了。小城市中那些灰黑色的建筑上挂着白铃，戴着白帽，嵌着白眉毛。通门口的雪地里还掘了战壕。海湾里装煤的驳船空了进来，满了出去，但是煤不容易从地里掘出。有经验的矿工也时常发生错误。他们都变成呆笨而迟缓的。机械损坏了，要费许多时候才能修理好。占领区的人民抱定一种迟缓，沉默而等待的复仇方法。当奸细的人，帮助侵略者的人——其中许多人相信这样做，是为了获得一个更好的政体和一种理想的生活方式的——他们发觉他们所获得的管理权是靠不住的，他们认识的人只是冷冷的望着他不愿再和他们交谈。

空气中充满了死亡，徘徊着，等待着。铁路上时常发生不测，这条铁路是依着山造而把这座小城市和国内其余部分接连起来的。雪块从山上倾满了铁道，铁轨就分裂了。不把铁道先行检查便无法行车。人民有被报复而枪毙的，但是效果一点都没有。一群群青年人时常逃到英国去。英国人也曾轰炸过煤矿，给予它一些损害，还炸死了几个敌人和几个友人，但是也无成效可言。冰冷的仇恨跟着冬天同来，那缄默的，阴沉的仇恨，那等待着爆发的仇恨。食粮来源统制了——只发给顺民而不发给反叛者——于是所有的人都冷酷地变做了顺民。因为有一件事情使他们不能不发食粮的，一个空肚子的人是不能掘煤，不能拉提也不能扛运的。仇恨就这样深深地隐藏在人民的眼睛里，一点不显露在外面。

现在倒轮到战胜的人被包围着，一队军人住在缄默的敌人中，没有一个人敢有一分钟放松他的防卫。假如他放松了，他就会失踪，他的尸体就埋在雪堆里。假如他一个人出去找女友，他又会失踪，他的尸体又将埋在雪堆里。假如喝醉了，更会失踪。军队里的人只能在一块儿唱歌，一块儿跳舞，当跳舞逐渐停止的时光，歌声中表示着一种思乡的情绪，他们的谈话是关于热爱他的朋友和亲属，他们所希望的是一种温暖和爱情。因为一个人可以在一天的许多时间里当兵，或是一年的几个月里当兵，然后他又需要做一个人，需要女人，喝酒，音乐，笑声和舒适。当这些东西都被断绝时，他们是无可抗拒的渴望着了。

这些人常常想到家。军队里的人都憎恶他们所占领的地方，他们看不起人们，人们也看不起他们。慢慢地在战胜者中间引起了一种恐惧，这种恐惧无法克服，他们怕他们永远不得休息，不得回家，他们怕有一天他们要崩溃，要像兔子般被他们在山里追捕着，因为被征服者的仇恨是从未解除的。巡逻的兵看见了灯光，听到了笑声，就奔去找寻快乐，但是当他们一到，笑声中止了，温暖的空气即刻消灭，人们又变成冷淡而服从的。兵士闻到了小餐馆中在烹煮食物的香味，就进来叫几碟热菜吃，可是结果不是咸得不能入口，便是里边放了太多的胡椒。

这些兵念着从家里和别的占领地寄来的新闻，这些新闻都是有利的，他们开始还相信它，但是隔了一回他们也不再相信了。每个人心中都带着一种恐惧："假如祖国崩溃了，他们也不会告诉我们，那时就嫌太迟了。这里的人是不会放过我们的，他们要把我们一齐杀死。"他们记起过去他们的国人退出比利时，退出俄罗斯的故事。有知识的人更记起撤退莫斯科时那种疯狂而悲惨的故事，每个农人的叉耙上都尝着血味，雪地里腐烂着死尸。

他们知道当他们崩溃时或是休息时，或是睡得太久时，都有发生危险的可能。所以晚上睡眠不安，白天神经过敏。他们提出许多连他们的长官都无法答覆的问题，因为长官自己也不知道，同时别人也没有告诉他们。从家里来的许多报告连他们自己也不相信。

就这样征服者慢慢的怕起被征服的人，他们的神经愈薄弱，连晚上看见黑影都要放枪了。冷酷阴沉的缄默永远跟着他们。于是有三个兵士在一个星期以内都发了疯，日夜的啼哭直到被送回家为止。别的人也许都要发疯，假如他们没有听见这些发疯的人被送到了家里以后慈悲的死刑就等候着他们，而这种慈悲的死刑是一件不可想像的事情。恐惧爬进营房里每个人的心头，这使他们悲伤；恐惧爬进巡逻兵的心头，这使他们更形残酷了。

过了年，夜更长了，下午三点钟天就黑，要到早上九点钟才有日光。愉快的灯光也不让它照在雪地上，因为依据法令每扇窗都要涂黑以防飞机。但是每当英国轰炸机飞来时，煤矿附近时常发见火光。有时哨兵枪杀一个提灯的人，有一次是一个拿手电筒的女子。可是这也无补于事实，枪杀并不能改善任何现状。

军官是他们部下兵士的反映，因为他们受的训练更完备，所以他们更能自制；因为他们负的责任更重大，所以他们更有机谋，但是同样的恐惧却比兵士们更深藏眉间，同样的渴望比兵士们更紧锁在心头。他们是在双重的压迫之下：被征服的人民注视着他们的错误，自己的人注视着他们的缺点，因此他们的精神已紧张到快要破裂的阶段。征服者是在可怕的精神的包围阵线中，每个征服者和被征服者都知道一到崩溃时将发生些什么事情。

市长官舍楼上的那种安适的空气差不多已没有了。窗上紧贴着黑纸，屋子里安放着一小堆重要的军器——这些用具和军器都是些不能疏忽的，好像望远镜，防毒面具和钢盔。这里的纪律已比过去松弛许多，好像这些军官们已知道有些地方再不放松些，这组织就会爆裂的。桌上放着两盏煤油灯，发放着强烈的亮光，墙上照着大黑影，油灯所发的嗞嗞声是这间屋子中的潜流。

少校享脱还在继续他的工作。他的画板现在永远预备着，因为炸弹几乎一等他把工作准备好又把它毁掉了。他并十分悲伤，因为对于享脱少校，建筑就是生活，而这里需要的建筑超出于他所能计划和完成的。他坐在画板旁，灯光就在背后，丁字板上下的移动着，铅笔也忙得不停。

泼拉格尔中尉的手臂还是吊着，坐在中间桌子旁的那张靠背椅上读着一本画报。桌子的末端汤特中尉正在写信。他把那支笔捏得很高，时时从信上抬头痴看着天花板，思索着信中的措辞。

泼拉格尔翻了一页画报，他说：“我可以闭着眼睛看见这条街上的每一家铺子。”享脱继续在工作，汤特又写了几个字。泼拉格尔继续着说：“就在这后面有一家餐馆，在照片里看不见，它的名字叫勃顿斯。”

享脱并不仰起头来看，他说：“我知道那地方，他们有挺好的海扇吃。”

“是的，他们有的，”泼拉格尔说。“那里每样东西都好，他们卖的没有一样坏东西，而他们的咖啡——”

汤特从信笺上仰起头来说：“现在他们不会再卖咖啡或是海扇了吧。”

“我不知道这一点，”泼拉格尔说。“他们从前卖过，将来也会卖的。那里并且还有一位女招待。”他用他的手来描摹她的身段。“是一个金头发的女子。”他又看着画报。“她有一双很特别的眼睛——我的意思是说——常常水汪汪的像是方才笑过又像是方才哭过。”他向天花板瞟了一眼，又轻轻的说：“我和她一起出去玩过，她很可爱。我不懂我以后为什么不常去，我不知道她是否还在那里。”

汤特很忧郁的说：“也许不在那里了，也许在工厂里做工呢。”

泼拉格尔笑了。“我希望在国内他们不会把女人也加以统制吧。”

“为什么不呢？”汤特说。

泼拉格尔开玩笑似的说：“你是不在乎女人的，是不是？你是不很在乎的。”

汤特说：“我只把她们当女人般的喜欢，我却不让她们爬入我另一方面的生活。”

泼拉格尔嘲笑着说：“我倒觉得她们是整天爬在你

身上的。”

汤特想换一个话题。他说：“我最恨那些可恶的油灯。少校，什么时候你才能把那只发电机修好呢？”

少校慢慢的抬起头来说：“现在应当修好了。我已用到了好手在工作。我想以后还要把卫兵再增加一倍。”

“你捉到那个破坏发电机的家伙了吗？”泼拉格尔问。

享脱很坚决的说：“五个人中一定有一个，我把五个都捉到了。”他又凝思着说：“假如你懂得如何弄，破坏一只发电机是一件顶容易的事情。只把它接触一下就会自己破坏的。”他说：“现在电灯应当随时可以恢复的。”

泼拉格尔依然看着他的画报。“我不知道什么时候我们才能调防。我不知道什么时候我们才能回家去休息一回，少校。你也想回家去休息一下吗？”

享脱仰起头来，脸上很失望的说：“是的，当然想的。”隔了一回他又恢复了常态。“我建造这条副线已有四次了，我不懂为什么炸弹老是把这一条副线毁掉。我对于这一段铁轨已感到厌倦。我必得每次变更路线，因为去填补那爆炸地方的时间都没有。土地冰得那样坚，这工作似乎太辛苦了。”

忽然电灯亮了。汤特很机械的起来把两盏煤油灯熄掉，屋子里的嗞嗞声立刻停止了。

汤特说：“谢谢上帝，这嗞嗞声真使我难受极了。这使我想起屋子里好像有人在耳语似的。”他把他写了的信折好。他说：“这真奇怪，许多信都没有寄到。我在两个星期之中只收到一封。”

泼拉格尔说：“也许没有人写信给你了吧。”

“也许，”汤特说。他转向少校说：“假如发生了什么事情——我的意思说是在家里——你想他们会告诉我们吗——任何不好的消息，我的意思是说死亡或是诸如此类的事情。”

享脱说：“我不知道。”

“啊，”汤特继续着：“我希望能够脱出这倒霉的地方。”

泼拉格尔插进来：“我以为你是预备战后永远住在这里的。”他模仿了汤特的声音说：“把四五块田地拼在一起，弄成一块很好的地方，一块适宜于住家的地方，是这样吗？做一个小皇帝，是不是这意思啊？和善可亲的人民，美丽的草地，小鹿和小孩子。是这个样子吗，汤特？”

泼拉格尔说话的时光，汤特的手垂下来了。然后他又用他的手支着鬓骨，很感动的说。“静些，不要这样说话，这些人，这些可怕的人，这些冷酷的人，他们从来不看你一眼。”他颤动了一下。“他们从来不说话，他们像一个死人般的答覆你，你们总是服从你。这批可怕的人，那些女人更像冰冻了似的。”

门上轻轻的响了一声，约瑟夫进来带了一斗的煤。他在屋子里静静的走动着，他放下那只煤斗时，轻得连声音都没有，他不向任何人望一眼，回转身又走向门口去。泼拉格尔高声的叫：“约瑟夫！”约瑟夫既不作声也不向上望一眼的回过头来，微微地鞠着躬。泼拉格尔更大声的说：“约瑟夫，有什么酒或是白兰地吗？”约瑟夫摇摇他的头。

温特从桌子边跳起来，他的脸上充满了愤怒。他叫着：“答覆我，你这只猪猡，用话来答覆我。”

约瑟夫也不向上望。他无声的说：“没有，长官；没有，长官，没有酒。”

汤特很严厉的说：“也没有白兰地吗？”

约瑟夫低着头，又无声的说：“也没有白兰地，长官。”他一动不动的站着。

“你要什么？”汤特说。

“我要出去，长官。”

“那么，滚出去，你这混蛋。”

约瑟夫回转身，静静的走出了屋子。汤特从袋里抽出一条手帕，抹抹他的脸。享脱抬头向他看着说：“你为什么这样容易的让他把你打败了呢？”

汤特坐在椅子里，把他的手放在鬓骨上，断断续续的说：“我要一个女人。我要回家去。我要女人。这城市里有一个女人，一个漂亮的女人，我常常看见她，她有金黄的头发，她住在旧铁铺的隔壁，我要那个女人。”

泼拉格尔说：“留心你自已，留心你的神经。”

就在这个时光，电灯又熄灭了。屋子完全漆黑，享脱一边说一边在擦着火柴，他是想点亮那盏煤油灯的。他说：“我以为把全部机器都修好了，我一定疏忽了一个地方。可惜我又不能整天的跑去看，其实我已有很能干的人在那里了。”

汤特点亮了第一盏灯，再点亮了第二盏。享脱很坚决的对汤特说：“中尉，你要讲话，就只对我们讲，不要让敌人听见了你那种说法。这里的人最高兴知道你们的神经在逐渐的衰弱，快不要让敌人听见你啊。”

汤特又坐了下来。灯光锐利照在他的脸上，油灯所发的嗞嗞声又充满了全屋子。他说：“就是这样。随处都是敌人，每个男人，每个女人，就是小孩子也是，随处都是敌人。他们的脸在门口张望着。窗帘的背后就有雪白的脸偷听着。我们已经打败了他们，我们在每处地方都获得胜利，他们却等待着，服从着，等待着。世界的一半已是我们的了。少校，别的地方也和这里一样的吗？”

享脱说：“我不知道。”

“就是这样，”汤特说。“我们不知道。报告上说——什么事情都极顺手，被占领的国家欢呼我们的兵士，欢呼我们的新秩序。”他的声音变了，变得柔弱又柔弱。“报告上对于我们怎么说呢？他们不是说我们被欢呼着，爱戴着，我们走的路上都铺着鲜花吗？可是这些可怕的人民正在雪地里等待着呢。”

享脱说：“现在你把胸中的郁积发泄了，你感到痛快了吗？”

泼拉格尔用他的拳头在桌子上轻轻的拍着，他说：“他不应当这样说的，他应当把这些事情记在自己的心里。他既是一个军人，那么应当让他做一个军人。”

门轻轻的打开了，上尉洛夫脱走进来，钢盔上有雪，肩头上也有雪，他的鼻子是瘦削而发红的，大衣领子敞得高到他的耳朵。他脱下了钢盔，雪跌落在地上，他又拍拍他的肩胛。“真是一件倒霉的工作，”他说。

“又出了乱子吗？”享脱问。

“老是出乱子。我看他们把你的发电机又破坏了。我要暂时去处理煤矿的事情。”

“你也有什么麻烦的事情吗？”享脱问。

“噢，还不是老事情——怠工和一节被倒下的雪堆损坏的车辆。我看见那个破坏的人。我打了他一枪。现在我想出了一种防止的方法，少校，是我刚然想起来的。我要使每个人掘出一定数量的煤，我不能让那些人受饿，否则他们不能工作。但是我确实获得了一个答案：假如矿里不出煤，家属就不发粮食，我们让工人在矿里进餐，使他们家里分不到粮，这一定可以见效。如非他们作工，否则他们的孩子们不得饭吃。我刚然已经通知他们了。”

“他们怎样说呢？”

洛夫脱的眼睛很凶暴的眯紧着：“他们有什么话可说呢？没有，一点也没有，我们现在就要等着看是否有煤出土了。”他脱下了外套，摇了一下，他的眼睛就落在门口，看见那里开了一条缝，他轻轻的走到门口，拉了开来，重又关上了。“我记得我曾把这扇门关紧的。”

“你是关紧的。”享脱说。

泼拉格尔还在翻阅着画报，他又开始说话了。“这些是我们在东线用的大炮，我从来没有看见过。上尉，你见过吗？”

“噢，是的，”洛夫脱上尉说。“我看见它们放过的。那好极了。没有东西可以对付它。”

汤特说：“上尉，你从家里得到许多消息吗？”

“有一些，”洛夫脱说。

“那里一切都好吗？”

“好得很！”洛夫脱说。“每处地方的军队都在向前推进。”

“英国人还没有被打败吗？”

“他们每次都打败仗。”

“但是他们还在继续的打吗？”

“只有少数的空袭，其余就没有什么了。”

“俄国人呢?”

“一切都过去了。”

汤特很坚持的说：“但是他们还在继续的打下去啊?”

“一点小接触，没有什么别的。”

“那么我们快要得胜了，是不是，上尉?”汤特问。

“是的。”

汤特仔细的望着他说：“你相信这一点，是不是，上尉。”

泼拉格尔插进来：“不要让他再开始说这种话了。”

洛夫脱向汤特绉绉眉头说：“我不懂你是什么意思。”

汤特说：“我的意思是如此：我们很快就可回家去了，是不是?”

“啊，改组也需要时间，”享脱说。“新的秩序更不是一天能成功的，对不对?”

汤特说：“要费掉我们一世吧，也许?”

泼拉格尔说：“不要让他再说了。”

洛夫脱走近了汤特，他说：“中尉，我不喜欢你那问句的语调。我不欢喜那种怀疑的语调。”

享脱仰头说：“不要对他太凶了，洛夫脱。他很疲乏。我们大家都很疲乏。”

“啊，我也很疲乏，”洛夫脱说。“但是我不能让那作祟的疑惑钻进我的头脑。”

享脱说：“不要迷乱他，我告诉你！上校在那里？你知道吗？”

“他在写报告，他在要求援兵，”洛夫脱说。“这里的工作比我们意想中的更繁重。”

泼拉格尔很兴奋的问：“你能得到吗——那些援兵？”

“我怎么知道呢？”

汤特微笑了，“援兵——”他轻轻的说：“也许是调防，那我们可以回去一次了。”他笑着说：“我可以在路上走，人家会招呼我。他们会说，‘那是一个兵啊。’他们会替我高兴，他们会替我高兴。那里有许多朋友，我可以转回身去而不怕背后有人了。”

泼拉格尔说：“不要再开始了，不要让他再说下去了。”

洛夫脱很讨厌的说：“军官中没有人发疯，我们已经够麻烦了。”

汤特继续着说：“你真以为援兵会来吗，上尉？”

“我没有这样说。”

“但是你说过他们也许。”

“我说我不知道，中尉。我们已经把半个世界征服了，我们必得戒备一个时期。你是懂得这一点的。”

“但是另外的半个呢？”

“他们也许会毫无希望的再打一个时间。”

“那时我们可以布满全球了。”

“可以暂时这样，”洛夫脱说。

泼拉格尔很神经质的说：“我希望你使他闭口，我希望你使他闭口。叫他住嘴。”

汤特拿出一条手帕来把鼻子哼了一下，他像一个失常的人般断断续续的说着。他的笑声很难堪。他说：“我做了一个可笑的梦。我想这是一个梦，这也许是一个想像。也许是一个想像或是一个梦。”

泼拉格尔说：“不许他说，上尉!”

汤特说：“上尉，这地方算是征服了吗?”

“当然，”洛夫脱说。

汤特的笑声里带了一点歇斯特里的音调。他说：“征服了但是我们正在害怕，征服了但是我们被包围着。”他的笑声更尖厉了。“我做了一个梦——或是一个想像——在雪地里有一个黑影，门口有几张窃听着的脸，躲在窗帘背后的冷酷的脸。我有这样一个想像或是一个梦。”

泼拉格尔说：“快不许他说。”

汤特说：“我梦见我们的领袖发疯了。”

洛夫脱和汤特一块儿笑着。洛夫脱说：“敌人早已发见他是如何的发着疯了。我要写篇文章寄回去，报上会发表的。敌人已经知道我们的领袖发疯了。”

汤特继续着笑："征服之后又是征服，深深的陷在糖浆之中。"他的笑声窒住了气，他在手帕里咳嗽着。"也许领袖发了疯了。苍蝇把苍蝇纸征服了，苍蝇夺获了两万里长的新苍蝇纸！"他的笑声是更歇斯特里地了。

泼拉格尔向前去用手摇着他，"不许说，不许说，你无权这样说的。"

慢慢的洛夫脱知道这笑声是歇斯特里的。他便走近汤特，在他的脸上打了一记耳光。他说："中尉，不许说。"

汤特的笑声继续着，洛脱夫又掌了他一下。他说："不许说。中尉，你听见我吗？"

忽然间汤特的笑声停了。屋子里除了煤油灯的咝咝声外寂然无闻。汤特惊讶的看着他的手，他用他的手去摸摸他受伤的脸，他又看看他的手，他的头垂在桌子上。他说，"我要回家去啊。"

六

离市政广场不远的一条小路上，尖顶的小屋和小商店混在一起。雪飘在人行道上，马路上，堆积在篱笆上，吹在屋顶上。雪打在小房子的紧闭的窗上。通达庭院的走道要用铁铲来铲平。夜是冰冷漆黑的，窗户里为了怕飞机不透一点灯光，戒严令是严厉执行的，所以路上没有行人。在雪地里房子像灰黑的一堆东西。每隔一会儿，六个人的巡逻队在路上经过，东张西望的每个人手中都拿着一只手电筒。脚步声在马路上响着，军靴踏在结实的雪块上发着尖叫，他们穿着厚外套，看去像是包裹着的人形，钢盔下面还戴着绒线帽，一直到耳朵边把两颌和嘴都遮去了。天落着小雪，小得像米粒一般。

巡逻队一边走一边说话，他们谈着他们所想念的东西——肉，热的汤，牛油的香味，女人的美丽，她们的笑容，嘴唇，和眼睛。他们有时谈到这些事情，有时也谈到对于他们现在所做事情的怨恨，以及他们的寂寞。

在铁店隔壁的一家尖屋顶的小屋子也像其他的小屋子一样，头上戴了一顶白帽。紧闭着的窗不透丝毫火光。门紧紧的关着，屋子里小客厅中点着一盏灯，通卧室的门开着，通厨房的门也开着。靠壁装着一只铁火炉，正烧着一些煤火。这是一间温暖，舒适而简陋的房间，地上铺着破了的地毯，墙上糊了棕色的花纸，上面印着一个金黄的百合花形的纹章。背后的墙上挂着两幅画，一幅是一条死鱼躺在盘里，另一幅是一只松鼠死在棕树枝上。右手墙上挂着一幅耶苏在浪上行走，去援救失望渔夫的画。屋里有两张靠背椅，一张卧榻上面盖着一条鲜艳的被单。屋子中一只小圆枱，放着一盏煤油灯，上面罩着圆的花灯罩，屋里的灯光是温暖而柔和的。

通走廊的那扇内门，出去也可以通到大门的，就开在火炉的旁边。

桌旁一张陈旧而有坐垫的摇椅里，摩兰·莫顿一个人坐着。她正在从一件旧绒线衫上拆下绒线，把绒线绕成一个线团。她现在已绕了一大团了。她身旁的桌子上放着她正在结的绒衫，针还插在上面，还有一把大剪刀。她的眼镜也放在她身边的桌子上，因为结绒线是不需要眼镜的。她很美丽，年轻而整洁，她的金黄的头发向上梳着，头上戴着一根蓝缎结。她的手正在忙着绕绒线。她一边做工，一边不时的望着通走廊的那扇门。风轻轻的在烟囱里作响，这是一个掩满了雪的静夜。

忽然她停止了工作，她的手静止着。她望着那扇门听着。巡逻队的脚步在路上走过，谈话的声音隐约可闻。慢慢地声音远了。摩兰抽了一根新线头，又把它绕在线球上。于是她又一次的停止了。门上有了响声，接着是三下急促的敲门声。摩兰放下了她的工作，走到门口。

“谁啊？”她喊。

她开了门，走进一个穿得臃肿的人。这是厨娘安妮，眼睛发红，全身包在衣服中。她很快的闪了进来，好像惯于这一套似的随后就把门在背后掩上了。她红着鼻子，站在那里嗅着，向屋子里迅速的看了一眼。

摩兰说：“晚安，安妮，我倒想不到你今天晚上会来的。快脱下你的衣服烤火吧，外边冷得很呢。”

安妮说：“这些兵把冬天也带来得更早了。我父亲常常说战争带来了恶劣的气候，或是恶劣的气候带来了战争，我记不清究竟是那个把那个带来了。”

“脱下你的衣服到炉子这边来。”

“我不能，”安妮很紧急的说。“他们快来了。”

“谁快来了？”摩兰说。

“市长，”安妮说。“还有医生和安特斯家的两个孩子。”

“到这里来？”摩兰问。“干什么？”

安妮把手伸出来，手中拿着一小包东西。“拿去，”她说。“我从上校的盆子里偷来的，这是一块肉。”

摩兰解开这一小块肉饼，放在嘴里，一边嚼一边说：“你自己也吃到么？”

安妮说：“东西是我烧的，那我当然可以吃到一些了。”

“他们什么时候才来？”

安妮嗅了嗅。“安特斯家的孩子们要到英国去。他们非走不可，现在他们正躲藏着。”

“真的吗？”摩兰说。“为什么呢？”

“是为了他们的哥哥约克，今天破坏了那辆小车子被枪毙了。那些兵还在搜捕其余的家族，你知道他们是怎样干的。”

“是的，”摩兰说。“我知道。请坐，安妮。”

“没有时间了，”安妮说。“我要赶回去告诉市长这里平安无事。”

摩兰说：“有人看见你进来吗？”

安妮很骄傲的微笑着说，“没有，我是最会鬼鬼祟祟的。”

“市长怎么能够出来呢？”

安妮笑了。“假如来检查，约瑟夫将睡在他的床上，穿上他的睡衣，躺在夫人的身边，”她又笑了。她说：“约瑟夫倒要安静的睡着才好呢。”

摩兰说：“这样的晚上去航海是很可怕的。”

“这比被枪毙好多了。”

“是的，这倒不错。但是市长为什么要到这里来呢？”

“我不知道。他要和安特斯家的人谈话。我现在必得走了，我是来通知你的。”

摩兰说：“他们什么时候才来呢？”

“啊，也许隔半点钟，也许三刻钟，”安妮说。“我要先进来，因为没有人会注意一个老厨娘的。”她走向门去，半路上又掉回头来，好像为了自己说出最后的一句话有点怪摩兰似的，便凶恶地说：“我还不太老啊！”她溜出了门口，把门在背后带上了。

摩兰继续结了一回。于是她站起身来走到火炉那边提起了炉盖，熊熊的火光正照在她的脸上。她把炉火拨弄了一下，加了几块煤，又把火炉盖盖上了。她还没有走到椅子边，外边的门上又有敲门的声音。她穿过了屋子在对自己说：“我不懂她忘掉了什么东西。”她走到走廊那里，她说：“你要什么？”

有一个男人的声音答应她。她打开了门，一个男子的声音说：“我不是来伤害你的，我不是来伤害你的。”

摩兰退到屋子里，汤特中尉跟着进来了。摩兰说：“你是谁？你要什么？你不能到这里来，你要什么东西？”

汤特中尉穿了一袭灰的外套。他走进了屋子把钢盔脱下了，哀求似的说：“我不是来伤害你的，请你让我进来。”

摩兰说：“你要什么啊？”

她把他背后的门关了。他说：“小姐，我只要谈谈，这就是我的希望。我听你谈话，这就是我全部的。”

“你是在强迫我吗？”摩兰问。

“不，小姐，只让我在这里等一会儿，然后我就走。”

“你要的是什么呢？”

汤特便设法去解释。“你能了解这一点吗？你能相信这一点吗？我们能否在一个极短促的时间里忘记这次战争呢？只要一个极短促的时间，只要一个极短促的时间，我们不能像普通人般一块儿谈谈吗？”

摩兰对他看了好久，然后嘴唇上浮着笑容：“你不知道我是谁吧。”

汤特说：“我在城里看见过你，我知道你很可爱。我知道我要和你谈谈话。”

摩兰还是微笑着。她轻轻的说：“你不知道我是谁吧。”她坐在椅子里，汤特很笨拙的站着像是一个小孩。摩兰继续着低声说：“你是感到寂寞。就是这么一回事，是不是？”

汤特舐舐他的嘴唇，很热切的说：“就是这么一回事。”他说：“你是明白的，我知道你会明白的。我知道你必得明白的，”他的话向外滚着。“我是寂寞得快生病了。我是在沉静和仇恨中感到寂寞。”他哀求似的说：“我们可以谈谈吗？只谈一回儿。”

摩兰又结着绒线，她迅速的看了看那扇前门。“你只能留十五分钟。就请你坐下吧，中尉。”

她又向那扇门望了一下。这屋子忽然轧轧作声。汤特变得很紧张的说：“这里还有人吗？”

“没有，倒是屋顶上的雪太重了。我没有男人再去扫除这些东西。”

汤特很温和的说：“这是谁干的？又是我们干的事情吗？”

摩兰点点头，眼睛向远处望着，“是的。”

他坐了下来，“我真抱歉。”隔了一会他说：“我希望我能做些事情，我倒愿意去扫除你屋顶上的积雪。”

“不，”摩兰说。“不。”

“为什么不呢？”

“因为别人以为我已加入你们了。他们会驱逐我的。我不愿意被他们驱逐。”

汤特说：“好的，我知道这事情。你们大家都憎恨我们。但是假如你答应，我倒愿意保护你的。”

现在摩兰知道他已在她的手中了。她略带残酷的挤紧了眼睛说，“你为什么要问我？你是征服者，你们男人不必要求，你们要什么就拿什么。”

“这不是我要的东西，”汤特说：“这也不是我喜欢取的手段。”

摩兰更残酷的笑了。“你是要我喜欢你，是不是，中尉?”

他很简单的说：“是的。”他仰起了头说；“你是那样的美丽，那样的多情，你的头发是光亮的，我有好久没有在一个女人的脸上看见那种和气的气色了。”

“你在我的脸上看到了吗?”她问。

他仔细的看着她。“我正要看呢。”

她最后把眼光垂下了。“你在向我求爱了，是不是，中尉?”

他很笨拙的说：“我要你喜欢我，当然我要你喜欢我。我当然要在你的眼睛里看出这一点。我在路上见过你，我守着你在路上经过，我已下令不准他们调戏你。你受到过调戏没有?”

摩兰静静的说：“谢谢你，没有。我没有被调戏过。”

他的话继续着说，“我还为你做了一首诗呢。你喜欢看我的诗吗?”

她讥讽地说：“是一首长诗吗?但是你即刻就离开这里了。”

他说：“不，这是一首小诗，这只是一首歪诗。”他把手伸到衬衣袋里，摸出了一张折着的纸，就交给了她。她靠近灯边，戴上了眼镜，轻轻的念着。

你的眼睛像深蓝的天空，
迷惑着我永远不愿分离；
无穷的思想像一座碧海，
冲着荡着满在我的心间。

她折了纸把它放在膝盖上。“是你写的，中尉？”

“是的。”

她带些嘲笑的说：“是写给我的吗？”

汤特很不安的答覆着：“是的。”

她牢牢的望着他带着笑容。“你没有写过吧，中尉。你有没有呢？”

他像一个小孩子被说破了谎话似的微笑着：“没有。”

摩兰问他：“那么你知道是谁写的吗？”

汤特说：“我知道，是海涅写的。这是《用你那双蓝眼睛》，我最喜欢这首诗。”他很狼狈的笑着，摩兰也跟着他笑，一忽儿他们一起大笑了。他又忽然停止了笑，他的眼睛起了一阵凄凉之感。“我好久没有这样大笑了，”他说：“他们告诉我们百姓会喜欢我们，倾佩我们的。事实上他们并不，他们只有憎恨我们。”于是他又尽快更换了个话题：“你是这样的美丽，你像那笑声一样的美丽。”

摩兰说：“你在开始向我谈爱情了，中尉，但是你立即就要走的啊。”

汤特说：“也许我要和你谈爱情。一个男人是需要爱情的。没有爱情一个男人就会死去。他的内心萎缩了，他的胸中感到像木屑般的枯燥。我是多么的寂寞啊。”

摩兰从椅上站起来。神经过敏地望望那扇门，他走到火炉边，又走了回来，她的脸变得很坚决，她的眼睛变得严酷的。她说：“你是要和我睡觉吗，中尉？”

“我没有这样说。你为什么这样说法呢？”

摩兰很残酷的说：“也许我要设法使你讨厌我，我是结过婚的。我的丈夫死了，你知道，我不是一个处女。”她的声音是痛苦的。

汤特说：“我只要你喜欢我。”

摩兰说：“我知道，你是一个文明人。你懂得假如俩相喜欢了那谈起爱情来便格外的完美而快乐。”

汤特说：“不要这样说，请你不要这样说。”

摩兰望了望门口。她说：“我们是被征服，中尉。你把我们的粮食都抢去了。我现在肚子饿，你假如肯给我喫，我倒感激你的。”

汤特说：“你在说什么？”

“我使你讨厌了吗，中尉？也许我在这样做，我的代价是两条香肠。”

汤特说：“你不能这样说话。”

“中尉，上次大战结束以后你们自己的女孩子是怎样的呢？一个男人可以用一个鸡蛋或是一块面包在你们的女孩子中间自由挑选。你以为我就可以不要代价的吗？中尉，你以为这代价太高吗？”

他说：“你在向我开玩笑，我知道你在恨我，你说是不是？我想也许你并不恨我。”

“不，我不恨你，”她说。“我肚子饿——我恨你。”

汤特说：“你要什么我都可以给你，但是——”

她打断了他的话：“你要称它为别一种东西吗？你不要一个妓女，这是不是你的意思？”

汤特说：“我不知道我是什么意思。你怎么把事情搅得听来像是一片仇恨似的。”

摩兰笑了。她说：“肚子饿不是一件好事情。两条香肠，两条好而肥的香肠可能是世界上最宝贵的东西。”

“请你不要说这些话，”他说。“请你不要说。”

“为什么不？这都是真话。”

“这不是真的，这不会是真的。”

她对他看了一会儿，然后她坐下来，她的眼睛垂在膝盖上。她轻轻的说：“这不是真的，我并不恨你，我也寂寞，屋顶上的雪又是那样重。”

汤特站起来走近她，她拿了她的一只手握在他的两个手掌间，他轻轻的说：“请你不要恨我，我只是一个中尉。我不是自己愿意到这里来的，你也不是自己愿意做我的仇敌。我只是一个男人，却不是一个征服者的男人。”

摩兰的手指把他的手勾住了一回。她温柔的说：“我知道，是的。我知道的。”

汤特说：“在随处都是死亡之中，我们对于生命也有一些小小的权利啊。”

她把她的手摸着他的脸，她说：“是的。”

“我会保护你，”他说。“在这互相残杀的世界中，我们对于生命还有一些权利。”他的手放在她的肩上。突然间她严肃起来。她的眼张大着，呆视着，好像看到什么幻像似的。他的手把她放了，他说：“什么事，什么东西?”她的眼睛一直向前呆望着，他重复着说：“什么事情?”

摩兰用了一种有鬼在作祟的声音说：“我好像把他当做第一天上学去的小学生看。他有些害怕，我替他钮上了扣子，设法安慰他，但是他得不到安慰，他还是害怕。”

汤特说：“你在说什么?”

摩兰好像看见了她所描摹的人了。“我不懂他们为什么让他回到家里来。他很模糊，他不知道发生了什么事情。他临走的时候连吻都不吻我一下。他虽害怕，但是很勇敢，像一个小孩子第一天到学校去上学一样。”

汤特站起身：“那是你的丈夫了。”

摩兰说：“是的，我的丈夫。我到市长那里去，他也无能为力。后来他被押走了——身体既不好，精神也不安定——就是你把他押了出去，就是你把他枪毙的。那时，是奇怪而不是害怕，我简直不相信这回事。”

汤特说：“你的丈夫！”

“是的，现在在这寂静的屋子里，我才相信了。现在屋顶上堆满了厚雪，我才相信了。五更时寂寞之中，在半暖的床上，我才明白了。”

汤特站在她的面前，他的脸上满是忧愁。“晚安。”他说：“上帝保佑你。我下次能再来吗？”

摩兰看看墙壁，回想着过去的事情，“我不知道，”她说。

“我要回来的。”

“我不知道。”

他望望她，就轻轻的走出门去了，摩兰还是看着墙壁。“上帝保佑我！”她又向墙壁望了一会儿。门轻轻的开着，安妮进来了，摩兰简直没有看见她。

安妮很不赞成似的说：“这扇门是开着的。”

摩兰慢慢的看到她，她的眼睛还是张大着。“是的，噢，是的，安妮。”

“门开着，一个男人走出来，我看见他，他看来像个兵。”

摩兰说：“是的，安妮。”

“是一个兵在这里吗？”

“是的，是一个兵。”

安妮很疑惑的问：“他在这里干什么?”

“他是来和我谈爱情的。”

安妮说：“小姐，你在干什么？你没有加入他们吧？你不会和他们在一起，像那位考莱尔先生的吧?”

“不，我不会和他们在一起的，安妮。”

安妮说：“假如市长在这里而他们来了，发生了乱子是你要负责的。”

“他不会回来，我不让他回来。”

安妮还是有些疑惑。她说：“我现在可以请他们进来了吗？你说这里安全吗?”

“安全的。他们在那里?”

“他们在篱笆外边，”安妮说。

“请他们进来吧。”

安妮出去的时光，摩兰起来，梳梳她的头发，摇了摇头，想振作起精神来。走廊里有一些小声音，两个高个子黄头发的青年进来了。他们穿了短大衣和深色绒线衫，他们戴着绒线帽，顶在他们的头上。他们是风尘满面，身强力壮，看去极像双生子，一个叫维尔·安特斯，一个叫汤姆·安特斯，是以捕渔为业的。

“晚安，摩兰。你知道了吗?”

“安妮告诉我了。但是这样恶劣天气的晚上是不适宜于动身的啊。”

汤姆说："这倒比晴朗的晚上好，晴朗的晚上，飞机会看见你的。市长要怎么样，摩兰?"

"我不知道。我听到关于你哥哥的恶耗，我很惋惜。"

两个人沉默着像是很局促的样子。汤姆说："这件事情你知道得很细的。"

"是的；是的，我知道。"

安妮又从门里进来，她用哑嗓子低声说："他们来了!"奥顿市长和温特医生都进来了，他们脱下了衣帽把他们放在榻上。奥顿走到摩兰那里，吻着她的前额。

"晚安，亲爱的。"

他对安妮说："你站在走廊上，安妮。巡逻队来了你敲一下门，去了再敲一下，有危险就敲两下。你可以把外面的门打开一条缝，有人来了你就可以听见。"

安妮说："是的，先生。"她走到走廊去，把门在后面关上了。

温特医生坐在火炉那边烤着手："我听说你们两个人今天晚上要动身了。"

"我们不得不走了，"汤姆说。

奥顿点点头。"是的，我知道，我听说你们预备带了考莱尔先生一起走。"

汤姆很痛苦的说："我们想只有这样做才对。我们将坐了他的船走。我们不能把他留在这里，在路上看到他也是一件不舒服的事情。”

奥顿悲伤的说：“我也希望他滚蛋。但是你们把他带走，恐怕对于你们有危险吧。”

“在路上看见他也是一件不舒服的事情，”维尔学他哥哥的说话。“让人们在这里看见他也不很好。”

温特问：“你能弄他到手吗？是不是防备得很周密的呢？”

“啊，是的。说起来他防备得确是很周密，可是每到十二点钟，他常常步行回家。我们就躲在墙背后，我想我们可以把他从他后花园里带到海滩边。他的船就泊在那里。我们今天已在船上把一切都准备妥当了。”

奥顿重复着说：“我希望你不要这样做，这又是一件外加的危险。假如他一作声，巡逻队就会来的。”

汤姆说：“他不会作声，让他在海里失踪倒好多了。城里的人把他弄死了，那就会大杀其人的。假如他死在水里，一切就好得多。”

摩兰又拿起她的绒线工作。她说：“你们预备把他投入海里吗？”

维尔脸红了。“他会到海里去的，夫人。”他转向市长说：“你要和我们谈话吗？先生。”

“是的，我要和你们谈话。温特医生和我都在想——关于公理不公理以及占领等等的话说得已经很多了。我却以为我们的百姓虽被敌人侵害，他们却至今未被征服。”

门上起了一声尖锐的敲门声，屋里忽然静下来了。摩兰停了针，市长伸出的手还挂在空中。正在抓耳朵的汤姆，他的手也留在那里停止了。屋里每个人都没有动作。每只眼睛都向门口望着。远处送来了一阵巡逻队的脚步声，开始是隐约的，渐渐的声音大了，他们的皮靴踏在雪上发着尖叫，他们经过的时光，还有说话的声音。过了门口，脚步声逐渐远去了。门上又响了一下，屋子里的人才舒了一口气。

奥顿说：“安妮在外面一定很冷的”。他从榻上拿了他的大衣，开了里门，把他的大衣递了出去。“把这个披在肩上吧，安妮。”他说了关上了门。

“没有她，我不知道我将怎样办，”他说。“任何地方她都能去，任何东西她都有看见，任何话她都能听到。”

汤姆说：“我们即刻就要走了，先生。”

温特说：“我希望你们能放弃考莱尔。”

“我们不能。在路上看到他也是一件不舒服的事情。”他发问似的看着市长。

奥顿慢慢的开始说：“我要很简单的说说我的意思。这是一个小城市，公理与否，无关重要。你们的哥哥被枪毙了，亚力克斯莫顿被枪毙了。我们向一个奸细报仇。人民虽都愤愤不平可是又无法反攻。这也无关重要。因为这一次是人民对人民的战争，而不是理想对理想的战争。”

温特说：“做医生的人要想到破坏工作是一件可笑的事，但是我想所有被侵害的人民都愿意抵抗。我们的武装已被解除，我们的精神和身体都已不支。被解除了武装的民气会逐渐消沉的。”

维尔·安特斯问：“说这番话是什么意思？先生，你要我们做些什么事呢？”

“我们要攻击他们，但是我们没有力量，”奥顿说。“他们用饥饿来对付百姓。饥饿是会使百姓衰弱的。你们现在到英国去了，也许没有人会听信你们的话，但是替我们——从一个小城市里，告诉他们，快把武器援助我们。”

汤姆说：“你是要枪吗？”

门上又有了一声敲门声，屋里的人都在原有的位置上冻结了。外边有巡逻队的声音，是用跑步奔走着。维尔很快走到门口去听。跑步的声音沿着屋子过来，还有轻声的命令夹在中间，巡逻队经过后，门上又响着第二次的敲门声。

摩兰说：“他们一定又在追捕什么人。我不知道这一次又轮到谁了。”

“我们应当走了，”汤姆很不安的说。“你是要枪吗，先生？你要我们向他们要求枪吗？”

“不，告诉他们这里的情形。我们是被监视着。任何一个行动就会遭遇报复。我希望我们能够获得简单，秘密的武器，秘密行动用的武器，好像爆炸物，损坏铁轨用的炸药，手溜弹，可能的话，还要些毒药。”他很愤怒的说：“这次战争不是一种道义的战争。这一次是奸诈和残杀的战争。我们也要运用人家早已用在我们身上的方法，让英国的轰炸机把大炸弹丢在工厂上面，还要请他们把可以应用，可以隐藏，可以塞在铁轨下坦克车下的小炸弹丢给我们。这样侵略者就无法知道我们里面谁有了武器。让轰炸机把简便的武器带给我们，我们懂得如何运用的。”

温特插进去说：“他们无法知道那里会爆发。兵士和巡逻队也不会知道我们里面谁有了武器。”

温特抹了一下前额。“假如我们能够平安的过去，我们一定告诉他们，先生。但是——我听说在英国，当政者还有不放心把武器交给普通百姓手中的人。”

奥顿呆望着他，“噢，我们没有注意到这一点。我们只能等着看，假如英国和美国还在这种人的治理之下，那世界也就完了。假如他们肯听的话，告诉他们我们所说的话。我们必得获得援助，假如我们获得了，”——他的脸变得很坚决——“假如我们获得了，我们就有办法。”

温特说：“假如他们能够把可以隐藏可以埋在地下

随时应用的炸药供给我们，那么这些侵略者将永远得不到安宁，永远也不！我们要把他们的给养完全炸掉。”

屋子里的人都兴奋了。摩兰厉声的说：“是的，那我们可以在他们休息时候作战，他们睡眠的时候作战。我们可以攻击他们的神经和决心。”

维尔轻声的问：“就是这些事情吗，先生？”

“是的，”奥顿点点头。“这是最主要的部分。”

“假如他们不听信我们，那我们将怎么办呢？”

“你只能尝试一下，像你今晚尝试过海一样。”

“没有别的了吗，先生？”

门开了安妮静静的掩了进来。奥顿继续说：“就是这些事情了。假如你现在要走，让我叫安妮去看看路上是否安全。”他抬头一望看见安妮已经进来了。安妮说：“有一个兵在小路上走来。他像是刚然在这里的那个兵。刚然有个兵和摩兰在一块儿的。”

其余的人看着摩兰。安妮说：“我已把门锁上了。”

“他要什么？”摩兰问。“他回来干什么呢？”

外面的门上有轻轻的敲门声。奥顿走到摩兰那里。“是怎么一回事，摩兰？你有为难的事情吗？”

“没有，”她说。“没有，请你打后门出去，你们可以从后门走。快些，快些出去。”

敲门声还是继续着。有一个男人的声音在轻轻的叫。摩兰开了那扇通厨房的门。她说：“快些，快些。”

市长站在她的面前。“你有为难的事情吗，摩兰?你没有做过什么事情吧。”

安妮冷冷的说：“看来这就是那个兵士。刚然确实有个兵士在这里的。”

市长说：“他要什么呢?”

“他要和我谈爱情。”

“他没有干出什么事情来吧?”奥顿说。

“没有，”她说。“他没有。你去吧，我会当心自己的。”

奥顿说：“摩兰，假如你有为难的事情，让我们帮助你。”

“我现在感到为难的事情是任何人都不能帮助我的，”她说。“你去吧，”她把他们推出了门口。

安妮还是留在后面。她望望摩兰，“小姐，这个兵要什么呢?”

“我不知道他要的是什么。”

“你会告诉他什么消息吗?”

“不。”摩兰很惊讶的又说了一句：“不。”于是她再厉声的说“不，安妮，我不会说的。”

安妮蹙着眉对她说：“小姐，你还是什么话不要对他说的好。”她走了出去把门关上了。

敲门声在前门继续着，一个男人的声音可以从门内听见。

摩兰走到屋中那盏灯的地方，她的心是沉重的。她看着那盏灯，她看见一把大剪刀正放在绒线的旁边。不知不觉间从刀口拿了起来，刀口在她的手指间一滑，她就握住了长刀柄，拿在手里正像一把刀。她的眼睛中充满了恐怖，她向那盏灯望着，火光照在她的脸上，她慢慢的提起了剪刀把它安放在衣服里。

敲门声继续着，她听见叫她的声音，她靠着灯站了一回，然后把火吹灭了。屋子里除掉火炉所发的一团红光以外，一切都是漆黑的。她开了门，她的声音是紧张而甜密的。她叫着，“我来了，中尉，我来了。”

七

在漆黑而清净的夜里，一颗惨白憔悴的月亮发着微弱的光芒。风是干燥的，吹在雪上像在唱歌。从北极最冷的地方送来阵阵温和的微风。地上的雪深深地堆着硬得像沙泥一般。房屋埋在雪堆的空隙中，为了避寒而紧闭着的窗子不透一点灯光。只有缭绕的黑烟从壁炉余烬里慢慢上升起来。

在城里，雪上的足迹都冰硬了而且结成了硬块。路上除了可怜的而怕冷的巡逻队走过以外一点声息都没有。在夜里屋子都是黑的，到早晨，屋里就留着一点余下的温暖，邻近煤矿的进口，卫兵守望着天空，把他们的军器向天空试放着，把他们的听音器对准着天空，因为这是最适宜于轰炸的晴朗的夜晚。像这样的夜里生翼的钢锤，常常吹啸着落下地来，再轰鸣而裂成万千的碎片。虽然月亮只发着微弱的光芒，今晚上的大地是可以从天空中俯视一切的。

村落的一端，在许多小屋中间，有一只狗为了寒冷和寂寞在诉着苦。他昂着头，向天诉说着一大篇他对世界上一切可厌事物的见解。他是一位声如洪钟擅长各种声调的有经验的歌唱家。那六位巡逻队员在街上很沮丧地来往着，听见了狗叫的声音，其中一个兵说："我听来这只狗一夜不如一夜了。我以为我们应当把它枪毙。"

另外一个人说："为什么呢？让它叫好了。我觉得它叫得很好听。我家里总要养一只喜欢叫的狗，我从来不打断它的叫声。胆小的狗，我是不在乎它这样叫的。他们却把我的狗和其他的一起捉去了。"他很确实的说，带着很沉重的语气。

伍长说："狗不是会把需要的食粮吃掉的吗？"

"噢，我不是在诉苦，我知道这是必须做的事。我不能像领袖们一样作一切的计划，我觉得可笑的是这里也有人养狗，他们的食粮却还不及我们的多，虽然这里的人和狗吃一样的瘦。"

"他们是呆子，"伍长说。"这就是他们所以失败得如此快的理由，他们不会像我们那样的有计划。"

"我不知道战争过去以后我们是否还会有狗，"那个兵说。"我想我们可以从美国或是别的地方要了种再让它传下去。你以为美国有的是那一种狗呢？"

"我不知道，"伍长说。"他们的狗也许和他们的其他一切东西一样的荒唐。"他继续说："除了帮助警察工作之外，对于狗我们最好不必去理会它。”

“这也许是对的，”那位兵士说。“我听说领袖是不喜欢狗的。我听说它们使他发痒而打喷嚏。”

“你什么都听见，”伍长说。“听着！”巡逻队停了步，远远的听到飞机的嗡嗡声。

“他们来了，”伍长说。“好在一点都没有灯光。离开他们上次来时，已经两个星期了是不是？”

“十二天了，”那兵士说。

守煤矿的卫兵已听到飞机在高空中的嗡嗡声。“他们飞得很高，”一个军曹说。洛夫脱上尉把头向后倾斜了好在钢盔的边下看。“我看在二万尺以上吧，”他说。“也许他们正飞在我们头上。”

“没有几架，”军曹说。“我想一共也不到三架的。我要通知炮队吗？”

“看看他们有没有准备，然后通知蓝塞上校——不，还是不要通知他吧。他们不到这里来。他们差不多已飞过了；并且他们也没有俯冲呢。”

“我听来像是在绕圈子，我想不会有两架以上吧，”军曹说。

人们睡在床上听见了飞机声，便深埋在鹅绒被里静静地听着。在市长的官舍里，这小小的声音把蓝塞上校也催醒了。他向天仰卧着，用张大的眼看着那漆黑的天花板，他闭住了气以便听得更清楚些，结果他的心跳动得连像他在呼吸时所听到的声音都不如了。奥顿市长在睡梦中听见那飞机，他们使他做了一个梦，他翻了身，又在睡梦中作鼾了。

高空中，两架轰炸机在绕着圆圈，是两架黑灰色的飞机。他扳住了气门，向上升着，绕着圆圈。每架飞机的腹部降落着小小的东西，一包一包地一共有几百包。直垂了几尺以后，小的降落伞张开了，小包的东西静静的飘荡着，慢慢的降下地来。飞机开了气门向上升空，然后又扳了气门盘旋着，更多的小东西继续的垂下来。飞机一转向又往飞来的方向回去了。

小小的降落伞像轻絮般在空中飘浮着，微风把他们吹散了像是散播着蓟花的种子。它们飘荡得那样的缓慢，落地的时光又是那样的轻柔，有时这十英寸包装的炸药就笔直的站在雪地上，降落伞徐徐地折叠在它的四围。在雪地里看来，降落伞是黑色的。它们落在雪白的田野间，山上的森林中，有的落在树上，悬在枝头。也有落在小城中的屋顶上，有的在小小的庭院里，其中有一包还恰巧直落在教士圣亚尔培铜像头顶的雪堆中。

另外的一包正落在巡逻队面前的街道上。军曹说："留心，这是定时炸弹啊！"

"这并不大，"一个兵士说：

"不要走近它。"军曹扭亮了他的手电筒，把它照在那东西上。是一把不比一幅手帕大的降落伞，颜色是淡蓝的，上面系着一包用蓝纸包裹的东西。

“现在大家不要去动它，”军曹说。“哈雷，你到矿里去找那位上尉来，我们看守着这东西。”

天明了，乡下的人从屋里出来看见了雪地上的蓝东西，便过去把它们拾了起来。他们解开了包，读着印刷着的文字。他们看见了那礼品，每个人都忽然变成了鬼鬼祟祟的，把长管子隐藏在外衣中，跑到秘密的地方把药管隐匿着。

关于礼物的消息传到了小孩子的耳朵里，便像复活节举行寻蛋比赛一般的都跑到田野里去。当幸运的孩子发见了蓝纸包，他就跑去把它拆了开来，隐匿了药管，再回去告诉他的父母。有些胆小的人，便把药管交给军队，但是这种人为数并不多。兵士们在城市附近也举行了一次复活节的寻蛋游戏，可惜他们的成绩还不及孩子。

市长官舍的客厅里，餐桌四周的椅子还是和亚力克斯·莫顿被杀那天一样。这屋子早已失去了被当做市长官舍时代那种优美的风度了。只有几张椅子靠着墙，所以壁上更形空虚。桌子上散乱着一些纸张，使这间屋子，看来像是一间营业室。壁炉架上的钟正敲了九下。天色阴黑，上面满盖着乌云，晨曦带来了浓厚的雪意。

安妮从市长的房里出来，她俯在桌子上，读着那放在桌上的文件。洛夫脱上尉进来了，他立停在门口，看见了安妮。

“你在这里干什么?”他质问着。

安妮很凶恶的说:“是，先生。”

“我说你在这里干什么?”

“我想整理桌子啊，先生。”

“让它去吧，你出去好了。”

安妮说，“是的，先生。”她等他让出了门口，她就仓皇的出去了。

洛夫脱上尉回头向门外说:“好了，把它拿进来。”从他背后进来了一个兵，他的来福枪用一根皮带挂在肩上。手里捧着几包蓝纸包，纸包的一端垂着一条细绳和几块蓝布。

洛夫脱说:“把他放在桌子上。”那兵士小心的把纸包放了下来。“现在到楼上去报告蓝塞上校说我已把那些东西带来了。”那兵士转了身便离开这屋子。

洛夫脱走到桌子旁边提起了一个纸包，脸上显着不愉快的脸色。他拿起了蓝布的降落伞，提到头顶上，然后把它放下去，蓝布张了开来，纸包就滚在地板上。他拾起了纸包，细细的检视着。

蓝塞上校很快跑进这屋子里来了，后面跟着享脱少校。享脱手里拿着一方黄纸。蓝塞说:“早安，上尉。”他走到桌子的顶端坐了下来。他向一小堆药管看了一回，然后检起了一管，拿在手里。“请坐，享脱，”他说。“你有没有把这些东西检视过?”

享脱拉出一张椅子来坐下，他看着他手中的那张黄纸。“我没有细细地看，”他说。“在十里路的铁路上又被破坏了三处。”

“细细的看着，看你有什么意见，”蓝塞说。

享脱拿了一根药管，敲破了外层的壳，在药管外面还附着一个小包。享脱拿出一把刀来切进药管去，洛夫脱上尉在他背后看着。享脱闻到了从那刀口发出的气味，他便用手指把它弥住了。他说：“真是太笨了，这不过是商业用的炸药而已。其中包含多少硝酸甘油等我化验了才知道，”他又在药管的底里看看。“这上面有一颗规定时间的炸药帽，雷酸水银和火药线——大约可有一分钟时间，我看，”他把药管丢在桌子上。“这是既便宜又简单的东西，”他说。

上校望着洛夫脱：“你知道一共掷下多少？”

“我不知道，长官，”洛夫脱说。“我们拾到了五十管，降落伞有九十把。因为人们拿掉了药管留下了降落伞，而且也许有许多我们根本没有找到。”

蓝塞摇摇手。“这没有什么关系，”他说。“他们可以尽量的丢下来。我们既不能制止它，也不能用它来对付他们。他们从没有征服过什么人。”

洛夫脱很狰狞的说：“我们可以把他们从地球面上赶出去的。”

享脱正在从一个药管的头上揭开那紫铜帽。蓝塞说：

“是的——我们可以这样做。你有没有看过那包纸，享脱？”

“没有，我还没有时间。”

“这真有些闹鬼，这种东西，”蓝塞上校说。“包纸是蓝色的，所以极容易看见。把外边的包纸拆开了，这里”——他就拿起了小包——“这里就有一块朱古力糖。每个人都会去寻觅这种东西。我敢说我们的兵一定把朱古力糖偷吃了。小孩子们也会像找清明蛋般去寻觅的。”

一个兵进来把一张方方的黄纸放在上校的面前就出去了。蓝塞望了一下那张纸，便笑得很粗蠢的。“又是你的事情了，享脱。你铁路线上又有两处被破坏了。”

享脱从他检视着的紫铜帽上仰起头来问：“是普遍丢下来的吗？他们什么地方都丢下来的吗？”

蓝塞有些不明白。“这事情倒滑稽了。我和京城通过话，据说这里是他们掷下这种东西的唯一的地方。”

“你怎么想法呢？”享脱问。

“这很难说，我想这是他们试验的地方。我想假如这里做到了，他们就要到所有的地方去实行；假如这里行不通，他们也就不再尝试了。”

“你将怎么办呢？”享脱说。

“京城里命令是要我无情的消灭这种东西，让他们不再到别的地方去投掷。”

享脱很悲痛的说：“叫我怎么样去修理这五个被破坏了的地方呢？我现在就没有铁轨去修补这五处被破坏的地方。”

“我看你还是拆掉几处旧的副线吧，”蓝塞说。

享脱说：“那会把路基弄得不成样的。”

“但是，无论如何，这总可以修整一处路基啊。”

享脱少校把他刚拆开的药管丢在那一堆药管上面。洛夫脱插嘴说：“我们必得立即制止这种事情，长官。我们要把收拾这些东西而还没有利用的人加以拘捕和处罚。我们应当立刻去做，否则他们要把我们看做是一批无用的人。”

蓝塞对着他笑。他说：“定心些，上尉。让我们先看看这里的东西，然后再想补救的办法。”

他从那一堆药管中另取了一包，打了开来，他拿出那小块的朱古力糖，尝着味道。他说：“这真是件可恶的东西，可是朱古力糖倒不错，连我自已都不能抵抗了。这是钓鱼钩上的好东西啊。”然后他拿起了炸药：“你以为这东西究竟怎么样，享脱？”

“我已经告诉你了。要从事于小小的破坏工件，这种上面装了帽子和一分钟火药线的炸药是成本低而效力相当大的。你懂得如何利用它，这就是好东西，你不懂就没有用。”

蓝塞研究着包纸里边印的文字。“你看过吗？”

“约略的望了一下，”亨脱说。

“我倒看过了，我希望你细细的听着，”蓝塞说。他按着纸念：“未被征服的人民，请将此物藏起。切勿自行揭发，俾供来日应用。此乃汝友人赠予汝之礼物，汝即可以之转赠侵占汝等国土之敌人。惟此物不能应付重大事件，”他把传单中的话跳着念：“这里说，‘在乡间之铁轨’，‘工作须于晚间进行’，‘目的在使运输发生阻挠’，这里又说：‘应用方法如下，对于铁轨，宜将药管置于铁轨之衔接处，用绳系住，再将泥土与雪块置于四周使之坚固。点着药线后，爆炸之前，汝可用慢声计数至六十。’”

他望望亨脱。亨脱很简单的说：“已经发生效力了。”蓝塞又看着那张纸，他又跳了一段：“‘对于桥梁，使其损害，不必破坏’，这里说：‘电杆木’，这里又说：‘沟渠，货车……’”他放下了那传单说“都在这里了。”

洛夫脱很愤怒的说：“我们必得想些办法。总有办法控制这些事情的。总部方面怎么说呢？”

蓝塞把嘴唇缩了一下，他的手指在弄着那药管。“我可以在他们下令之前告诉你他们要说的话。命令是一定这样说：‘做些假圈套，把毒药放入朱古力糖里。’”他隔了一回又说：“亨脱，我是一个善良而忠诚的军人，但是听到总部所发那些高明的意见时，我希望还是做个老百姓，一个年老残废的老百姓吧。他们老是在想他们应付着的是一批愚蠢的人民，我并不说由此可以估计他们的知识程度。”

享脱好像很有兴味的说：“你不是这样说吗？”

蓝塞很严厉的说：“不，我并没有这样说。但是将来事情会怎样呢？一个人可以拾起了我们的假圈套而被炸成粉碎，一个小孩为了吃朱古力糖而中毒身死，此后呢？”他向他的手望望，“他们会用竹竿去拨它，或是在触动以前先把它套住。他们也会把朱古力糖先让猫喫。可恶的东西，少校，这些是有知识的人民，愚笨的陷阱，他们第二次是不会上当的。”

洛夫脱咳了一咳说：“长官，这是失败主义者的话啊，”他说。“我们必得想些办法。为什么你以为他们把这些东西只丢在这个地方呢，长官？”

蓝塞说：“那不出两个理由：不是他们随便挑上了这个城市，就是因为这个城市和外边的世界还有往来。我们知道有几个青年逃走了。”

洛夫脱沉重的重复着说：“我们必得想些办法才是啊，长官。”

蓝塞旋转身来对他说：“洛夫脱，我要把你介绍到参谋部去。你怎样连问题所在之处没有弄明白之前就要去工作呢。这是一种新的征服方法。从前常常可以把人民解除了武装实施愚民政策，现在他们可以听无线电，我们便无法禁止他们，连无线电在那里我们都无法找到。”

有一个兵在门口张望，“考莱尔先生要看你，长官。”

蓝塞说：“叫他等一等。”他继续对洛夫脱说：“他们读着传单，武器又从天下降下来。现在已投下了炸药，上尉，将来很快也许会有手溜弹和毒药来的。”

洛夫脱很关心地说：“他们还没有投下毒药来啊。”

“没有，但是将来会的。假如他们用了一种小的箭头，你知道，就是那种掷在目标板上的小东西，头上也许涂了一层毒药，有种无声而致命的小东西。你不听到他来，但是它已一无声息戳破了你的制服。到那个时光，你想这将如何影响于我们军队，恐怕连你也不是例外了。假如我们的军队知道了弹药的情形他们又将怎样呢？你和他们还能舒适的饮食吗？”

享脱很干脆的问，“你是在替敌人写宣传品吗，上校？”

“不，我是在预计这些事情。”

洛夫脱说：“长官，我们应当去搜寻爆炸物，现在反而坐在这里闲谈。假如人民中有所组织，我们必得搜查它，残忍地消灭它。”

“是的，”蓝塞说。“我们必得消灭它，残忍地消灭它，你带一队特务队去，洛夫脱，叫泼拉格尔也带一队。我希望我能多有几位年青的军官。汤特的被杀又使我们损失了一个人，为什么他去和女人鬼混呢？”

洛夫脱说："我不喜欢泼拉格尔的行为，长官。"

"他在干什么？"

"他没有干什么，他只是动摇而悲观的。"

"是的，"蓝塞说。"我知道的，这就是我常常谈起的事情。你知道，"他说，"要是我对于这些问题并不多说话，我也许早已是少将了。我们是为了胜利而训练青年，但是你要承认在胜利时他们是光荣的，他们却不懂失败时如何去应付。我告诉他们他们是比别的青年更聪明更勇敢，但是当他们发见他们一点也不比别的青年聪明或勇敢时，对于他们就是一种打击了。"

洛夫脱很严厉的问，"你说失败是什么意思？我们没有被打败啊。"

蓝塞冷酷的望了他一会儿，一句话也不说。最后洛夫脱的眼睛幌动了。他说，"长官。"

"没有事了，"蓝塞说。

"你对别人并不这样严厉的吧，长官。"

"他们并不想到这一点，所以那不是侮辱。当你说出了口时，那就是侮辱了。"

"是的，长官。"洛夫脱说。

"现在你去吧，看住了泼拉格尔。即刻开始去搜查，除非是公然的行动我不愿意你们开枪。你懂了吗？"

"是的，长官，"洛夫脱说。他很正经的行了一个礼，走出屋子去了。

享脱很有趣味的望着蓝塞上校，“你对他太不客气了。”

“我必得这样做。他是害怕了。我知道他这种人。他在害怕时必得给他些纪律，否则他会动摇的。他需要纪律像许多人需要同情心一样。我想你还是管你铁轨的事，你应当准备今天晚上他们也许真会把它炸掉的。”

享脱站起来说：“是的，我怕这是京城里来的命令吧。”

“是的。”

“他们是——”

“你知道他们怎么说，”蓝塞插进去说。“你知道他们只有这一法：拘捕首领，枪毙首领；拘捕人质，枪毙人质；拘捕更多的人质，就把他们一起枪毙——”他的声音提高了。但是忽然又突然改成耳语：“于是仇恨增加着，我们之间的创痕，愈来愈深。”

享脱迟疑了一回，“名单上的人也有被判罪的吗?”他略略的向市长卧房那里移动了一下。

蓝塞摇摇头。“不，还没有，他们单单是拘留而已。”

享脱低声的说：“上校，让我告诉你——你是太疲倦了吧，上校。我能够——你知道——我能够报告你，你是太疲倦了吧。”

蓝塞用他的手把他的眼睛掩了一会儿。于是他挺直了肩，脸上很坚决的说：“享脱，我不是一个老百姓。我们现在已很感到军官的缺乏，你也明白这一点，快去工作，少校。我要接见考莱尔先生了。”

享脱微笑着，他走到门口打开了门。他在门外说，“是的，他在这里，”他就回头对蓝塞说：“这是泼拉格尔，他要看你。”

“叫他进来，”蓝塞说。

泼拉格尔进来了，他的脸是阴沉而带挑战的。“蓝塞上校，长官，我要——”

“坐下来，”蓝塞说。“坐下来休息一会，做一个好军人，中尉。”

泼拉格尔那种倔强之气去掉了。他坐桌旁，用手臂支撑着，“我要——”

蓝塞说：“暂时不要说。我知道你要说的是什么。你过去以为不是这样子的，是不是？你以为情形还要好多了？”

“他们憎恨我们，”泼拉格尔说。“他们是那样的憎恨我们。”

蓝塞笑了，“我不懂我是否已懂得了奥妙。要年青的人才能做好军人，但是年青的男人又得需要年青的女人，是不是？”

“是的，正是这样。”

“啊，”蓝塞很和善的说，“那她恨你吗？”

泼拉格尔很惊奇的看着他。“我也不知道，长官。

有的时光我觉得她只是不高兴。”

“你是很悲伤吗？”

“我不喜欢这地方，长官。”

“不，你过去以为这是一件好玩事情，是不是？汤特动摇以后就出去被人家用一刀刺死了。我也可以把你送回家去。但是假如你知道我们这里需要你，你还要回家去吗？”

泼拉格尔很不安的说：“不，长官，我不要。”

“好的，现在我告诉你，希望你明了这一点。你现在不再是一个普通人。你是一个兵，你不能再顾到你的安适，你也不能再顾到你的生命。你活着，你就会有记忆，这是你唯一能有的东西。目前你必得接受命令而执行它。许多命令是并不愉快的，但是那不关你的事。中尉，我不会向你说谎的。他们应当为了这种事情而训练你，不是为了路上铺满鲜花的欢迎会。他们应当用真理而不是谎话来建造你的灵魂，你，”他的声音更坚决了。“你已经担任了这职位，中尉。你愿意留着呢还是离开？我们对于你的灵魂是无法照顾的。”

泼拉格尔站了起来。“谢谢你，长官。”

“至于那女人，”蓝塞继续说，“那女人，中尉，随你去强奸她也好，保护她也好，或是和她结婚也好——只要你能够在奉到命令时把她枪毙，一切都没有问题。”

泼拉格尔很疲乏的说，“是的，长官，谢谢你，长官。”

“我要使你相信你应当把事情先弄个明白。我要使你相信这一点，要把事情弄清楚。去吧，中尉，假如考莱尔还等在那里，你就请他进来。”他就望着泼拉格尔中尉走出门口。

当考莱尔先生进来时，他已换了一个人了。他的左手臂还涂着石膏，他不再是那位快乐，可亲而常带笑容的考莱尔了。他的脸是瘦削而痛苦的，他的眼睛斜睨着像一只死兔子的眼睛。

“我早应当来，上校，”他说。“但是你缺乏合作的诚意使我犹豫不前。”

蓝塞说：“我记得你是在等候你所做报告的回音啊?”

“我是在等候比这更重要的东西。你拒绝我担任市长的职位，你说我这个人没有价值。你没有想到你们到这里来以前，我早已在这城里住了好多年了。你不听我的劝告，把市长留任下来。”

蓝塞说：“要是没有他，我们在这里也许会比现在遭遇到更多的困难了。”

“这是各人的见解不同，”考莱尔说。“我以为这个人是一群叛变者的首领。”

“胡说。”蓝塞说，“他只是一个极淳朴的人。”

考莱尔用他的手从右边袋里摸出一本黑的小册子，

用手指翻了开来。“上校，你忘记了我是什么事都有来源的。你未来之前我早在这里了。我应当报告你奥顿市长是和这个社会里每件发生的事情都有不断的关系。汤特中尉被杀的那晚上，他就在谋杀案件发生的那所房子里。当那个女人逃到山上去的时光，她就住在他的一个亲戚家里。我跟着她到那地方，可惜她已走了。每次有人逃走，奥顿都知道而且还帮助他们。我还很疑惑关于这些小小的降落伞他也许又是有份的。”

蓝塞很迫切的问，“但是你无法证明啊。”

“不，”考莱尔说。“证明我确不能，第一件事情我是知道的，以后如何我只能猜测了。也许到现在你愿意听听我的意见了吧。”

蓝塞轻声的说：“你的意见怎么样？”

“这些意见，上校，也许已经不单是一些意见而已。奥顿应当扣押起来，他的生命应当以这社会的安宁为标准。他的生命就看炸药管上面那根火药线是否再被点燃。”

他又伸到袋里，拿出一本卷着的书，他揭了开来，放在上校的面前。“这是我向总部报告所得的答覆，请你注意这里赋予我的一些权力。”

蓝塞看看那本小书。他就轻声的说：“你竟爬到我上面去了，是不是？”他眼中表示着一种坦白的不满意。他向考莱尔望着，“我听说你受了伤，事情是怎么发生的?”

考莱尔说:“当你们的中校被杀的那晚上我是深怕被击而伺伏着。巡逻队把我拯救了。那天晚上这城里有几个人坐了我的船逃掉了。上校,我现在是否要比过去更坚决的要求把奥顿市长扣押起来呢?”

蓝塞说:“他就在这里,他没有逃掉。我们怎么还用得着拘押他做人质呢?”

忽然在远处有一个爆炸的声音,两个人大家向声音来的方向看着。考莱尔说:“就是这个东西,上校。你知道得很清楚,假如这次试验成功了,每一个占领国家都会有这种爆炸品的。”

蓝塞低声的重覆着说:“你有些什么意见呢?”

“就是我刚才讲的,奥顿必得扣押了作为叛变的担保品。”

“假如他们叛变,我们枪毙了奥顿呢?”

“轮下来是那医生;他虽然没有职位,他是在这城市里第二个有权威的人物。”

“但是他并无官职啊。”

“他获得人民的信心。”

“我们枪毙了他便怎样呢?”

“那么,我们有了权力了,叛变也可压服了。我们杀死了为首的人,叛变即可压服。”

蓝塞嘲笑的说:“你真这样想吗?”

“事情必得这样做。”

蓝塞慢慢地摇摇他的头。然后他唤道，“卫兵!”门开了一个兵在门口出现。“军曹。”蓝塞说：“拘捕奥顿市长，还要拘捕温特医生。你就担任把奥顿看守着，并且把温特立即带到这里来。”

卫兵说，“是的，长官。”

蓝塞望望考莱尔。他说：“你知道，我希望你知道你做的是件什么事情。我希望你知道你在做的是件什么事情。”

八

在这小城市里，消息传得特别快。这是在门口用耳语，用迅速而含意义的目光传播的——“市长被捕了”——整个城市中传播着微渺的安静的快乐，一种热烈而微渺的快乐。人民静静的在一起谈了几句话，大家又走开了；买食物的人向店员靠近了一会，一句话已传达了过去。

人民到乡下，到森林中去搜寻炸药。小孩子们在雪里游戏，找到了炸药，因为他们现在也受过训练，便打开了纸包，吃下了朱古力糖，然后把炸药埋在雪里，再把埋藏的地点回去告诉父母。

乡下远处有一个人拾到一支药管，读着上面写的施用法，便对自己说：“我不懂这是否真会发生效力呢。”他把药管竖在雪里，点了火药线，他跑远了去计数。但是他计算得太快了，到数到六十八才爆炸。他说：“这倒确实有效的，”于是他忽忽地再去搜寻更多的药管了。

好像得了信号一般，人民忽然都走进了屋子把门关上了。路上寂然无人。在煤矿里，兵士们把每个上班的矿工都一再的搜查。兵士们因神经过敏而行动粗鲁，他们用粗暴的话对付矿工。可是矿工们很冷静的望着他们，而在他们的目光里隐藏着一种微渺的热烈的快乐。

市长官舍的客厅里，桌子已收拾清楚了。一个兵看守着奥顿市长的卧室。安妮正跪在壁火炉前面拿小块的煤加在火上。她向站在奥顿市长门口的卫兵看了一眼，便很狰恶的说："你预备对他怎么样?"那个兵士并不答覆她。

外面的门开了，另外一个兵进来，抓住了温特医生的手臂，他在温特医生背后把门关上了，就在屋里靠门站着。温特医生说："喂，安妮，市长好吗?"

安妮指着卧室说："他在那里。"

"他没有生病吧?"温特医生说。

"不，他不像会生病，"安妮说。"让我看我是否可以进去通知他说你已在这里了。"她走到卫兵那里很骄傲的说："去告诉市长温特医生在这里，你听见了没有?"

卫兵并不答覆也不移动。但是他背后的门打开，奥顿市长已站在门口。他不理会那卫兵，他掠过了他就走进房里来。那卫兵开始想把他拉回来，后来又回到门口自己的岗位。奥顿说："谢谢你，安妮。你不要走得太远，我也许会需要你的。”

安妮说，“不，先生。我不走开的，夫人很好吧?”

“她在梳头发。你要看她吗，安妮?”

“是的，先生，”安妮说了又掠过了卫兵走进卧室里把门关上了。

奥顿说：“你有什么事情吗，医生?”

温特勉强的狞笑了一下指着那个卫兵说：“我猜想我是被捕了。这位朋友把我带到这里来的。”

奥顿说：“我想这件事情是免不了的，我倒不懂以后他们将怎样?”两个人互相看了好久，每个人都明白另一个人心里想的是什么。

然后奥顿好像刚才在讲话似的继续说：“你知道就是我肯，我也无法阻止的。”

“我知道的，”温特说。“但是他们不懂。”他又继续了他刚才的思想，“一个有时间观念的民族，”他说。“但是时间快到了。他们以为他们只有一个领袖一个首领，而我们也是这样。我们知道砍去了他们十个首领的头就会使他们毁灭。可是我们是自由的人民。我们有许多的首领，像我们有许多的百姓一样，必要时，领袖可以从我们中像香蕈般的应时产生。”

奥顿把手放在温特的肩上说：“谢谢你，我知道这一点。但是我听你说了使我更高兴。我们这些渺小的百姓是不会被征服的，是不是?”他在温特的脸上热切的搜寻着答覆。

医生又安慰他说："不，他们不会的。事实上，他们获得了外界的援助更要强大起来。"

屋里暂时静了一回。卫兵的位置略微移动了一下，来福枪碰到了纽扣发出一点声音。

奥顿说："我现在还可以和你谈话，医生，恐怕以后不能和你再谈了。我的心里有一件很惭愧的事情。"他咳了一声，看了看那挺直的兵，那兵并不表示听见了什么。"我在想到我的死。根据他们的定例，他们一定要杀死我的，然后把你也杀死。"当温特默不作声时，他说："是不是？"

"是的，我猜是的。"温特走到那只有套子的椅子那里，他刚要坐下时看见套子已破了，便用手指去摸了一下好像可以缝补它似的，然后因为知道他破了所以才轻轻地坐了下去。

奥顿继续说："你知道，我是有些害怕的。我想过逃走的方法，离开这地方。我也想过去求他们保全我的生命，虽然这是使我感到惭愧的。"

温特仰起头来说："但是你没有这样做啊。"

"不，我没有。"

"你不会这样的。"

奥顿迟疑了一下。"不，我不会的。我只是想想而已。"

温特温和地说："你怎么知道别人没有想到这一点？你又怎么知道我有没有想到这一点呢？"

"我不懂他们为什么也捉住你，"奥顿说。"我猜他们也会把你杀死的。"

"我也这样想，"温特说。他又玩弄着手指，看着它们上下的转。

"你知道这个。"奥顿静默了一回，然后他说："你知道，医生，我是一个渺小的人，这又是一个渺小的城市。但是一个渺小的人必得有一点可以散发成火焰的火花。我害怕，我十分的害怕，我曾想到我能够用的各种营救我生命的方法，然而这种思想即刻就过去了。现在有的时光，我觉得有一种快乐，我好像比我现在更伟大更完美。你知道我在怎么想，医生？"他笑着，记起来了，"你记得在学校里读的《辩证书》里，苏格拉底说：'有人会说"苏格拉底，在生命的过程中假如你早死了，你是否会感到惭愧呢？"对于他，我会很光明的答覆："你错了，一个有用的人是不能估计他生死的机会的，他只应当考虑他做的事情对还是不对。"'"奥顿息了一会，他在想法去记起这句话。

温特医生很紧张的向前坐着，他跟了说："是'做一个好人的事还是做一个坏人的事。'我想你把那句子记错了。你不是一个好读书的人。你在痛斥学校的演说辞里也是念错的。"

奥顿笑了，“你还记得那件事吗？”

“是的，”温特说。“我记得很清楚，你忘记了一行或是一个字。那是行毕业礼，你是那样的兴奋你忘记把衬衫角塞进去，因此那衬衫角就拖在外面，你还不懂别人为什么在笑你。”

奥顿自己笑了。他的手偷偷的伸到背后去摸摸他的衬衫角是否又拖在外面。

“我那时自己当苏格拉底，”他说。“我骂的是校董会。我痛斥他们，我责骂他们，我可以看见他们的脸都涨红了。”

温特说：“他们是闭住了气不敢笑，因为你的衬衫角拖在外面。”

奥顿市长笑了，“有几年了，四十年了吧。”

“四十六年了。”

卧室门口的卫兵轻轻的走到外门的卫兵那里。他们用嘴角轻声的说话，像小孩子在学校里耳语一般。

“你站了好久了？”

“一夜了，眼睛都张不开来。”

“我也是这样。昨天船上带来了你太太的信息吗？”

“有的，她说她向你问好。她说她听说你受伤了。她信上没有多说话。”

“请你告诉她我很好。”

“当然，我写信的时候会告诉她的。”

市长仰起头望着天花板，他喃语着："嗯—嗯—嗯，我不懂我还记得那一句话是怎样说的呢？"

温特提示他说："'现在，噢——'"

奥顿轻轻的说："'现在，噢，宣判我的罪孽的人——'"

蓝塞上校轻轻的走了进来，卫兵向他立正。他听见了话，就止了步听着。

奥顿仰视着天花板，为了记起那句古话，他有些迷糊的样子。"'现在，宣判我的人，'"他说，"'我要向你预言——因为我快要死了——一个将死的人天赋他有预言的能力的，我——向你谋杀我的人预言——我死了以后——立刻——'"

温特站了起来说，"去。"

奥顿望望他，"什么？"

温特说："那个字是'去'，不是'死'。你从前也曾说错的，你在四十六年前也背错了的。"

"不，那是死，那是死。"奥顿向四周望了一下，看见蓝塞上校正望着他。她就问："那是'死'字吗？"

蓝塞上校说，"是'去'，那是'在我去了之后。'"

温特坚持着说："你看这是二对一，确实是'去'字。这和你过去说错的一样。"

于是奥顿向前直望着，他的眼睛正在想着过去的一切，看不到外界一点东西。他继续说："'我向谋杀我的人预言，立刻等我——去了以后，比你所加于我身上更重的责罚一定在等候着你。'"

温特很高兴地点点头，蓝塞上校也点了点，他们好像在帮他去记忆似的。奥顿又继续说下去："'你杀死我是为了你们要避开那原告，而不愿把你们一生的行状——'"

泼拉格尔兴奋的冲了进来。叫着："蓝塞上校！"

蓝塞上校说："嘘——"他伸出手去阻止他。

奥顿又轻声的念下去："'但是事情不会像你设想的那样，正巧相反，'"他的声音更响了："'我说将来会比现在有更多的人控告你。'"他用手做了一个姿势。一种演说的姿势："'这些控告的人是我过去所约束住的。他们比较年轻，所以他们对你们将不顾一切，而他们对你们将更仇视。'"他蹙着眉在想。

泼拉格尔中尉说："蓝塞上校，我们已搜到几个藏有炸药的人。"

蓝塞说："嘘。"

奥顿接下去念，"'假如你以为杀死了就可以防止人家谴责你们罪恶的生活，你就错误了。'"他蹙了眉想着，他望着天花板，他很忸妮的微笑了一下，他说："我就只能记得这一点，别的都忘记了。"

温特医生说："四十六年以后你背得很不差，四十六年前就没有这样好了。"

泼拉格尔中尉又插了进来，“他们藏着炸药，蓝塞上校。”

“你把他们捉来了没有？”

“捉来了，洛夫脱上尉和——”

蓝塞说：“叫洛夫脱上尉看管着他们。”他定了定心，冲到屋子里说：“奥顿，这种事情必得禁止。”

市长毫无办法地向他微笑了一下，“他们是无法禁止的，长官。”

蓝塞上校很严厉的说：“我现在逮捕你作为人质来保证你们人民的安份行为，这是我的训令。”

“这是无法禁止的，”奥顿很简单的说。“你不了解，假如我阻止他们，他们也会自己去做的。”

蓝塞说：“你老实告诉我你是怎样想的。假如人民知道他们点了一根火药线你就会被枪毙，他们会不会再这样做呢？”

市长失望地看看温特医生。于是卧室的门开了，夫人走了出来，手里拿了市长的官职链条。她说：“你把这东西忘记了。”

奥顿说：“什么？噢，是的。”他俯下了头，夫人便把那官职链条套在市长的颈间。他说：“谢谢你，亲爱的。”

夫人又诉怨着说：“你老是忘记它，你简直常常忘记的。”

市长把链条的一端握在手里——是一个上面刻着官印的金章，蓝塞又追逼了一句，“他们将怎样呢？”

“我不知道，”市长说。“我想他们还是要点那火药线的。”

“假如你请他们不要这样做呢？”

温特说：“上校，今天早上我看见一个小孩在堆一个雪人。有三个兵看守着他不让塑你们领袖的像。他却在他们破坏之前已塑得很像了。”

蓝塞不理会那医生。“假如你叫他们不要做呢？”他又说了一遍。

奥顿好像在半睡眠状态中，眼睛垂着，他在设法想。他说：“我不是一个很勇敢的人。长官，但是我想，无论如何他们要点的。”他挣扎着说，“我也希望他们这样做。假如我叫他们不要做，他们倒会不高兴的。”

夫人说：“这是怎么一回事？”

“请你静一会儿，亲爱的，”市长说。

“你以为他们会点的吗？”蓝塞坚持着。

市长很骄傲的说：“是的，他们会点的。我在生死之间无权作选择，你知道的，长官——但是我却有权选择我应怎样去做。假如我告诉他们不要战斗，他们会不高兴，而且他们一样要战斗。假如我告诉他们去战斗呢，那他们不但会高兴，而且我这个不很勇敢的人也可以增加他们一点勇气。”他很抱歉的微笑着，“你知道，我的结局是一样的，所以我很容易去应付这些事。”

蓝塞说：“假如你说是，我也可以告诉他们说你说否。我们可以告诉他们你是求过我们饶恕你的生命的。”

温特很愤怒的插进去说：“他们会知道的，你们不会保守秘密的。有一天晚上，你们那里一个人逃走了，他说苍蝇反把捕蝇纸征服了。现在全国都知道了这句话。他们还把它编了一只歌，苍蝇把捕蝇纸征服了。上校，你们是不会保守秘密的。”

从煤矿那里一支警笛在那里锐利的吹着。一阵疾风把雪花都打在窗上。

奥顿还在抚摸着他的金章。他轻声的说：“你要知道，长官，没有办法可以改变他们。你们将来是会被击灭而被驱除出去的。”他的声音很柔和，“人民不愿被人征服，长官，所以他们永远不会被人征服。自由的人民是不会挑起战争的，但是一次开始了，他们在失败中也能战斗。下流的群众，一个领袖的盲从者就不会这样做。所以下流的群众常常可以打胜仗，自由的人民才得获得最后的胜利。你将来会明白的，长官。”

蓝塞站得挺直而僵硬的。“我的命令已说得很清楚。十一点钟是最后的限期。我已有了人质，假如发生了暴动，人质就要被执行死刑。”

温特医生向上校说：“假如你明知要失败的，你是否还要执行命令呢？”

蓝塞的脸色很紧张。“不论结果如何我要执行我的命令。只是我在想，先生，假如你能够出一张布告，至少可以拯救许多人的生命。”

夫人很哀痛的说：“我希望你告诉我你们在胡说八道些什么?”

“这都是些胡说八道而已，亲爱的。”

“但是他们不能把市长拘捕啊，”她向他解释。

奥顿向他微笑。“不，”他说。“他们不能拘捕市长。市长是自由的人民所具有的一种理想。它是无从拘捕的。”

远处有一声爆炸的声音，回声传到山里又传了回来。煤矿里的警笛吹着锐利而刺耳的警告声。奥顿很紧张的站了一会儿，然后他微笑了。第二次爆炸声响了——这次是更近而更响——回声从山里传回来，奥顿看看他的表，然后把他的表和官职链交在温特医生的手掌中。“苍蝇怎么样了?”他问。“苍蝇把捕蝇纸征服了，”温特说。

奥顿喊，“安妮!”卧室的门立刻打开。市长说：“你听见了吗?”

“听见了，先生。”安妮感到很不安。

现在爆炸声又在邻近响了，有木片崩裂和玻璃击破的声音。卫兵背后的门也吹开了。奥顿说：“安妮，我希望你在夫人需要你的时光，永远陪着她，不要离开她。”

他把手臂抱着夫人，他在她的前额上吻了一下。然后他走向泼拉格尔中尉站着的地方。到了门口他回头向温特医生轻声的说：“克列多，我还欠了阿斯克列辟斯一只鸡。请你记住替我把这笔债还清了。”

温特闭了一回眼睛。然后他回答，“这笔债会还清的。”

于是奥顿笑了。“这句话我记得的，我没有把这句话忘掉。”他把手放在泼拉格尔的手臂上，那中尉却避开了。

温特慢慢地点着头。“是的，你记得的。这笔债会还清的。”

图书在版编目（CIP）数据

月亮下去了／（美）斯坦贝克著；赵家璧译. —北京：中国国际广播出版社，2013.1
（良友文学丛书）
ISBN 978-7-5078-3536-6

Ⅰ.①月… Ⅱ.①斯… ②赵… Ⅲ.①中篇小说－美国－现代 Ⅳ.①I712.45

中国版本图书馆CIP数据核字（2012）第265622号

月亮下去了

著　　者	[美] 斯坦贝克
译　　者	赵家璧
责任编辑	张娟平　孙兴冉
版式设计	国广设计室
责任校对	徐秀英
出版发行	中国国际广播出版社（83139469　83139489[传真]）
社　　址	北京复兴门外大街2号（国家广电总局内） 邮编：100866
网　　址	www.chirp.com.cn
经　　销	新华书店
印　　刷	环球印刷（北京）有限公司
开　　本	620×920　1/16
字　　数	78千字
印　　张	10.5
版　　次	2013年1月 北京第一版
印　　次	2013年1月 第一次印刷
书　　号	ISBN 978-7-5078-3536-6/I・410
定　　价	36.00元

CRI 中国国际广播出版社　欢迎关注本社新浪官方微博　官方网站 www.chirp.cn

图书在版编目(CIP)数据

中国版本图书馆CIP数据核字

人文阅读与收藏·良友文学丛书

(1)	鲁　迅　编译	竖　琴
(2)	何家槐　著	暧　昧
(3)	巴　金　著	雨
(4)	鲁　迅　编译	一天的工作
(5)	张天翼　著	一　年
(6)	篷　子　著	剪影集
(7)	丁　玲　著	母　亲
(8)	老　舍　著	离　婚
(9)	施蛰存　著	善女人行品
(10)	沈从文　著	记丁玲
	沈从文　著	记丁玲续集
(11)	老　舍　著	赶　集
(12)	陈　铨　著	革命的前一幕
(13)	张天翼　著	移　行
(14)	郑振铎　著	欧行日记
(15)	靳　以　著	虫　蚀
(16)	茅　盾　著	话匣子
(17)	巴　金　著	电
(18)	侍　桁　著	参差集
(19)	丰子恺　著	车箱社会
(20)	凌叔华　著	小哥儿俩
(21)	沈起予　著	残　碑
(22)	巴　金　著	雾
(23)	周作人　著	苦竹杂记　（暂缺）